D E A R + N O V E L

恋じゃないみたい

砂原糖子
Touko SUNAHARA

ディアプラス DEAR NOVEL 346 文庫 BUNKO

新書館ディアプラス文庫

S H I N S H O K A N

恋じゃないみたい

目次

イラストレーション／小鳩めばる

恋じゃないみたい

K o i j a n a i M i t a i

そう広いとは言えない高校の図書室は、放課後に利用する学生の数も少なく、本のページを捲《めく》る音さえ響きそうなほど静まり返っていた。

開け放たれた窓から流れ入るのは、秋の風とグラウンドの運動部の声。カウンターに入った図書委員の抱井優《かかいすぐる》は、何度か窓辺に視線を送ってはうっとりと目を細めたが、野太い野球部の掛け声に聞き入っているわけでも、ポエミーに風のささやきを感じ取っているわけでもない。

目を奪うのは、窓際に座る上級生だ。

この学校では何百人と着用している白シャツに紺色のニットベスト、グレーのスラックスとありふれた服装をしているものの、本を開き見るその横顔は、はっと人目を引くほど整っている。

近くで見る機会はそうないが、繊細《せんさい》な顔立ちだ。男にしては色白で、とにかく頭が小さい。身長は百八十を越えている抱井より十センチは低いだろうけれど、頭身のバランスがいいからすらりとして見える。座っていても姿勢よく、ピンと伸びた背筋は、華奢《きゃしゃ》な長い首と相まって『気品』なんて慣れない言葉を抱井の脳の海馬《かいば》も飛び出させた。

彼の名前は、雪野千星《ゆきのちせ》。一学年上の三年生で、週に何度か放課後に図書室を利用する。

たおやかなその容姿には、この静謐《せいひつ》な空間がよく似合う。窓から吹き込む優しい風が、淡い色味の絹糸のような髪をさらさらと揺らし、ほっそりとした指で丁寧に捲られる大判の図書のパラリパラリと鳴る音までもが、見惚《みと》れる抱井の胸を高揚《こうよう》させる。

——美しい。

そんな感想をほうっとなって抱《いだ》くのは、恋に違いないだろう。

いくら美しいと言っても相手は男なわけだが、これについては抱井は『仕方ない』という結論に至っている。

右を向いても左を向いても、教室も廊下もグラウンドもどこに行っても男、男、男。ここは恋の不毛《ふもう》地帯の男子校だ。異性への興味の高まる多感な時期に、こんな不自然な集団生活を送らされたのでは、多少脳が誤作動《ごさどう》を起こすのも無理はない。

僅《わず》かでも異性の匂いを求め、彼の中性的な美貌《びぼう》に心奪われるのだと思った。

だいたい二学期早々に図書委員なんて厄介《やっかい》なものになってしまったのも、男子校であることに起因《きいん》している。校内の数少ない女っ気《け》である担任教師に、『抱井くん、部活やってないから時間あるでしょう？　お願いできないかしら』と求められ、ブラウスの胸の膨《ふく》らみに気を取られた抱井は、うっかりコクリ。頷いてしまったらしく、翌日から図書室のカウンターに座る羽《は》目《め》になった。他クラスの図書委員が部活だバイトだと逃げるものだから、週の半分以上を放課後はこうして過ごしている。

そして、運命の出会いは初日に訪《おとず》れた。

見目麗《みめうるわ》しい上級生が、図書室を利用しにやって来たのだ。

まさに天使の舞い降りた瞬間だった。カウンターの手前を過《よ》ぎった彼の姿に、恋のファンフアーレ。ドストライクを突かれて、キューピッドも抱井の心臓ど真ん中に景気よく矢を放ち、危うくキュン死にするところだった。

いわゆる一目惚れである。

男相手の不毛な片想いの始まりとも言う。

抱井だって、まるでモテる要素がないわけではない。背も高いし、顔立ちも精悍《せいかん》で整っている。親戚一同集まる機会には、「まぁまぁ、優ちゃんったらちょっと見ない間にハンサムになって〜」と言われる程度には男前だ。

けれど、いくらカッコよくともここでは効力の発揮しようがなかった。通学電車の中で他校の女子高生の一人や二人、惚れてくれてもやぶさかでないのだが、今のところそういう美味《おい》しい目にはあったためしがない。

だから、『仕方なく』校内の美人を愛《め》でている。

カタリと軽く鳴った椅子の音にも、抱井は敏感に反応した。立ち上がって奥の書架《しょか》へと向かう雪野の後ろ姿を、熱い眼差しで見送る。

同じ男とは思えない細い腰。ウエストはニットベストに隠れて見えないが、きっと抱いたら腕が二周半……まではいかなくとも『力を籠《こ》めたら折れるんじゃないか』なんて不安を抱けるほど細いのだろう。

制服の下の肌もやっぱり顔や手と同じく白いのか。あっちのほうはどうなっているのか。一応男だからつくものはついているだろうし――

いや、いかん。

雪野の白シャツをズボンから引き出す妄想を始めたところで、抱井は緩《ゆる》く頭を振る。それ以上は彼に失礼だ。こんなところで見ず知らずの下級生にいかがわしい妄想をされていると知ったら、下ネタなんて通じそうにない彼はショックで卒倒《そっとう》してしまうかもしれない。

なけなしの自制心を働かせようと唇を噛《か》みしめると、傍《かたわ》らで声が響いた。

「抱井～、おまえ面白いなぁ、考えてること丸判《まるわか》り」

『げっ』となる。いつの間にかカウンターの端には、もたれて人の顔をじっと覗き込んでいる男の姿があった。

クラスメイトで友人の益本《ますもと》だ。

「ま、益本っ！ いつからそこにいたんだ⁉」

「ついさっきから。おまえが愛《いと》しの彼のヒップやウエストサイズを測《はか》ろうとガン見で鼻息荒くして、そのくせ『いやいや、そんなハレンチなこと軽蔑《けいべつ》されてしまうわ』とチキンな葛藤《かっとう》を始めたところから」

当たらずしも遠からずだ。

思わず言葉を失ってしまった抱井に対し、男はふふんと鼻で笑った。

高校に入ってからの友人の益本は、抱井の日常の大半を知っている。テストの成績からひと月ほど前に始まった恋に至るまで。教えたつもりはなくとも妙に鼻の利《き》く男で、おまけにゴシップ好きのオバチャンのように他人のことに興味津々《しんしん》だ。

抱井はこれ以上なにも知られまいと、むすりとした顔で目を逸《そ》らし、カウンターに積んだ本を仕分けする作業に戻る。

勝手にカウンター内に押し入ってきた益本は、聞こえよがしに言った。

「不毛だな」

「しょうがないだろ、男しかいねぇ学校なんだから」

「そうじゃなくて、告白もしないで眺めてるだけの関係がさ」

「……告白なんて、それこそ無意味だろ。上手くいく確率なんてゼロだっつーの」

抱井は真面目な堅物《かたぶつ》ではないが、平均的な高校二年生の常識は持ち合わせている。

いくら雪野が女みたいな顔をした先輩でも、男は男に告白されて喜ばない。それに自分だって、これは高校生活限定の擬似《ぎじ》恋愛に違いないと考えている。

「やってみないと判らないだろ。男なら当たって砕《くだ》けろ、結果を恐れず前に進め」

「おまえ、他人事《ひとごと》と思ってなぁ。面白がるのもいいかげんに……あっ」

抱井は手にした一冊の本に、小さな声を上げた。

「なんだ?」

「いや、頼んどいた本がもう入荷してたからさ」

「おまえ本なんか読むのか？　『画家たちのカンヴァス　近代日本絵画編』？」

「俺は読まねぇけど……まぁ、なんつーか、こういうの好きそうだと思って」

抱井だって、雪野との関係をまるで進展させるつもりがないわけではない。ただ見つめるだけにしても、もう少し近くでそうできないものかと日々思っている。

それには会話のきっかけが必要だ。

雪野が好んで読むのは美術関係の本だった。奥の棚で埃《ほこり》を被《かぶ》りっ放しの絵画の本を持って来ては、机でゆっくりと眺め見る。大判図書は貸し出しを禁止されているから、いつも放課後に閲覧《えつらん》しているのだろう。

中でも雪野がお気に入りなのは、『入江海《いりえかい》』という画家だ。力強い筆触《ひっしょく》と独特の光彩《こうさい》表現で人気の画家らしく、本棚を整理している素振りでさりげなく覗いて見ると、雪野が入江海の絵を長い間眺めていることが何度もあった。

この本は、その画家のインタビューが収録された貴重な本である。図書案内に見つけたときは内心小躍《こおど》りして、絶対入荷させようと図書室担当の担任教師に頼み込んだ。

「ふうん、声かけるための釣《つ》り餌《え》か。涙ぐましい努力だな」

「うっせぇな、ほっとけ」

「餌撒《えさま》くならさっさとしろよ。ほら、あいつ戻って来たぞ」

新しい本を選んで奥のコーナーから戻った雪野に、益本は今にも代わりに声をかけそうな素振りを見せる。

抱井は慌てて脇腹をドスッと突いた。

「いてぇっ！」

「勝手なことすんな。まだ今から分類シール貼ったり、パソコン登録する作業が残ってんだよ。返せよ、ほら……つか、おまえ部活はどうしたんだ？」

人の恋路に首を突っ込みたがる下世話《げせわ》な男だが、部活は弓道部に入っている。度々《たびたび》サボったりと武道の精神なんて持ち合わせていないルーズさのくせして、腕はいいのだから嫌な野郎だ。

「今日、顧問《こもん》も休みだし、練習かったるいからもう帰ろうかと……」

言いかけて、益本はキツネっぽい吊り目をやや見開かせた。

「……と思ったんだけど、せっかくだから自習でもして帰るわ」

「はぁ？」

「ここ静かだし、勉強捗《はかど》りそうだしいいだろ。おまえは本の整理を鋭意《えいい》続けてくれ」

度々ひやかしに来るが、益本が勉強をするなんて言い出したのは初めてだ。胡散臭《うさんくさ》いものを感じつつも、静かにしてくれるなら邪魔にはならない。カウンターを離れて机についた益本は、鞄《かばん》からノートや筆記具を取り出し、こちらを気にした様子もなく本当に独習を始め、拍子抜《ひょうしぬ》けする。

再びカウンターに近づいてきたのは三十分以上過ぎてからだ。

「抱井、どうだ本の準備できたのか?」

「ああ、まぁな」

「見せてみろ」

入荷した三十冊あまりの本すべてに、区分番号を記《しる》したシールを貼りつけ準備万端《ばんたん》。もういつでも貸し出せる状態だ。

益本は例の画家の本を手に取り開き見る。

「シール歪《ゆが》んでるぞ。貼り方雑だな、おい」

小姑《こじゅうと》かと言いたくなるダメ出しを繰り出す男がページを捲る間にも、時間は六時になろうとしていた。

閉室時間だ。数少ない利用中の学生たちもバタバタと帰り支度を始め、抱井は数件の貸し出し作業に勤《いそ》しんだ。窓際の雪野も席を立つ。

抱井は悪友の手から本を奪い返し、無意識に背筋を正した。

カウンターの前を通過する瞬間が勝負だ。

「あのっ」

滅多《めった》に本を借りることもなく、今日も素通りして行こうとした雪野を呼び止める。人形のように整った白い顔がこちらを向き、足を止めて短く声を発した。

「はい?」

「今日、新しい本がいろいろ入荷したんすけど、よかったら借りていきませんか？」

抱井はけして臆病者ではない。これしきのことは俺だってできるとばかりに、本を差し出してみせる。

「これなんかどうっすか？」

「え、これって……」

「いや、その……絵が好きみたいだから、興味あるんじゃないかなぁと思って」

雪野は驚いたように目を瞠《みは》らせ、言葉を失った表情だ。明らかに戸惑わせている。

これはキモがられてアウトか。そう思った瞬間、逆転のクリーンヒットは放たれた。

ふわりと淡いピンク色の唇を綻《ほころ》ばせ、雪野が微笑《ほほえ》んだのだ。

「ありがとう、じゃあ借りてみようかな。えっと、僕は三年C組の……」

名前を言う前から、善を急ぐ抱井の指はカウンター上の貸し出しカードホルダーの『や』行を探りそうになる。

いかんいかん、落ちつけ俺の手。趣味嗜好《しこう》だけでなく、名前まできっちり覚えているなんて、ストーカー予備軍もいいところだ。

けれど、てっきり引いているかと思いきや、雪野は続けて言った。

「いつも来てるから覚えてくれたのかな。ちょっと恥ずかしいけど……嬉しいな」

はにかんだ笑みを目線つきで送られ、胸がぎゅっとなる。

ヒットどころか大ホームランだ。リンゴーンリンゴーンとひとっ飛びに挙式の鐘《かね》まで鳴りそうな急展開に、貸し出しカードを取り出す抱井の指も震える。

「じゃあ、これに記入を……」

表情だけはどうにか男前を保ちつつカードを出せば、今度は受け取る男の指が抱井の指に触れた。互いの人差し指の第二関節の辺りが、ちょんと軽く接触。それだけで身震いするほどの衝撃を覚える抱井は、もう地に足がついていなかった。

雪野が記入したカードと引き換えに本を手渡す間も上《うわ》の空で、ようやくまともに思考が動き始めたのは、彼が図書室を出て行ってからだ。

「……触った」

「は?」

「俺、今あの人に触ったぞ」

「どこが?」

「おまえ、今見てなかったのか⁉　カード渡すときに指がチョンってなったんだよ。肌と肌が接触したんだ、今の感じだと関節んとこ五ミリくらい当たった!」

恋に浮かされた男ほど滑稽《こっけい》なものはない。

益本はこれ以上ないほどの冷ややかな眼差しを向けてくる。

「一緒の空気吸ってるだけで妊娠でもしそうな興奮ぶりだねぇ」

「このトキメキが判らないなんて可哀想な奴だな。あの人に生まれて初めて触ったんだぞ？　十七年間触ってなかったものに今、たった今触れたんだ！」

「なるほど。そういう観点からなら、おまえは地球上の人間の九十九・九九九九パーセントにまだ触ってないだろうな。感動の余地はたっぷりだ」

「アホか、恋愛絡《から》んでなきゃ意味ないだろうが。聞いたか、あの声！　『嬉しい』って、『ちょっと恥ずかしいけど』って……初めて聞いた言葉だ」

心の単語帳にひっそりとメモっておく。

最早《もはや》、好きな人のものなら箸袋《はしぶくろ》から使用済みの切手まで集めかねない盲目《もうもく》ぶりだ。

「はいはい、なんでもいいよ。本も貸したし、思い残すことはないだろ。さっさと店じまいして、帰りにラーメン食ってこうぜ、腹減った」

付き合ってられないとばかりに閉室準備を急《せ》かす益本は、突然脈絡《みゃくらく》のないことを言い出した。

「そうだ抱井、奢《おご》ってくれよ」

「は？」

「いや、前祝いにさ」

「まえ……いわい？」

「うーん、残念会になるのか？　どっちでもいいや、楽しみだなぁ」

ワクワク。そんな擬音《ぎおん》の飛び出してきそうな男の表情は、警戒すべき不穏《ふおん》な顔つきだったが、なにを言っているのかまるで判らない。

怪訝《けげん》に見つめる抱井の広い背をポンと叩き、キツネ目の友人は「まぁ、おいおい判るからさ」と笑っていた。


『おいおい』というのは、人によって長さの感覚の分かれるところだろうが、件《くだん》の『おいおい』は早速《さっそく》翌日やってきた。

金曜の放課後だ。いそいそと校舎の二階の図書室に向かう抱井は、『週末会えねぇし、今日はちょっとでも来てくれるといいなぁ』なんてささやかな期待を胸にしていたのだけれど、想い人はちょっとどころか入口に人待ち顔で立っていた。

「あっ、すみません、もしかしてドア開いてなかったですかっ?」

雪野を待たせるなんてと、抱井はあたふたと小走りに近づく。

専任の司書もおらず、司書教諭《きょうゆ》免許を持つ抱井のクラス担任が業務をまとめているだけの学校図書室は、管理も緩くて開いているべき時間に開いていなかったりする。てっきりまた鍵の開け忘れなのだろうと思いきや、雪野は首を振って応《こた》えた。

「いや、君を待ってたんだよ」

「え?」

「中じゃ話しにくいと思ってさ。これ、ありがとう」

「はあ」

鈍《にぶ》い反応を見せる抱井に、雪野は昨日借りた本を小脇《こわき》から掲《かか》げ見《み》せる。

「え、もしかしてもう読んだんですか? 早いですね」

さすが興味のあるものには食いつきがいい。無理言って本を入荷させた甲斐《かい》もあったと、ほかに誰も借りる予定のない本だがしみじみ思う。

「それで返事なんだけど……」

「返事?」

「いいよ、僕、君と付き合っても」

思考が停止した。

抱井はたっぷり五秒はぴくりとも動かなくなってから、問い返した。

「えっと…………どういうこと?」

話がまるで摑めない。こんなことは人生においても初めてだ。片想いが高《こう》じて、ついに脳が誤作動を起こすようになったかと思ったが、違っていた。

抱井は差し出された本に挟《はさ》まったものに目を止める。本能的に嫌な予感を覚えた。一センチほど飛び出した紙切れの端を指で摘《つ》まみ、そっと引っ張り出してみれば、それは切り取られたノートの一ページだった。

『拝啓、雪野千星様
二年C組の抱井優といいます。名前を言ってもきっとわからないでしょうが、この本を手渡した愚《おろ》か者《もの》とでも言えばなんとなく思い出してもらえるでしょうか』

手にしたノートの紙の色のように、抱井の頭は真っ白になった。

「抱井くん、ありがとう。君の気持ち……読ませてもらったよ。ああ、本はまだ読んでないんだけど」

『返してもらえるかな』と本と手紙を取り返される間も、抱井は固まったままだ。

「初めてだよ、ラブレターなんてもらったの。手紙自体、あんまりもらったことなくて。新鮮で嬉しいものだね。ありがとう、なんていうか僕も……」

「ちょっ、ちょっと待ってください」

「え……?」

「ちょっとだけ、ここでこのまま待っててもらえますか。すぐ戻ってきますから！」

ようやく動き出した抱井は咄嗟《とっさ》に両手をかざし、『待って』とその場に留まるよう指示した。急用でもできたかのような踵《きびす》の返しぶりに、「トイレかな……」なんて雪野に呟《つぶや》かれたのにも構わず、階段を駆け下りる。

目にした文面を思い出せば、自然と足も加速する。

『雪野千星様、あなたがいつも来てくれるおかげで、俺は図書委員の仕事が楽しくてなりません。あなたは図書室の天使です。暗闇に射《さ》す光です。夜空で瞬《またた》く星です。暗い海原《うなばら》を照らす月、冷たい朝を暖める太陽です。あと、美しいものはなんですか？』

階段二段跳びが三段跳びになり、あと少しで、踊り場から一階まで飛び降りるところだった。向かったのは体育館脇の弓道場だ。

「益本ぉっっ‼」

癖のある手紙の筆跡《ひっせき》には覚えがある。

あの本に触れることができたのも、一人しかいない。

弓道場には幸い顧問はおらず、入口付近にたむろっていた一年生が何事かと振り返った。当の男は耳に届いているはずの大声にも無反応で、的《まと》に向かって弓矢を構えている。

トスリ。さすがに動揺させられたか、僅《わず》かに的の中央から矢は逸《そ》れた。

「くそ、おまえのせいで外した」

「おまえのせい⁉　そりゃあこっちのセリフだ！　おまえ、なんてことしてくれたんだっ、なんてことっ……」

弓道衣の袖《そで》で額《ひたい》の汗を拭《ぬぐ》う益本は、危機迫《ききせま》った表情で詰め寄る抱井にしれっとした顔で応える。

「なんだ、もう返事が来たのか。おまえがもたもたして埒《らち》が明かないから、恋文《こいぶみ》を代筆《だいひつ》してやったまでだ。感謝してくれてもいいぞ」

「ふざけやがってっ！　やっていいことと悪いことの区別もつかねぇのか、おまえは！」

覆水盆《ふくすいぼん》に返らず。零《こぼ》れたミルクもグラスには戻らず。読まれたラブレターは、たとえ偽物であっても記憶から抹消《まっしょう》はできない。

「悪いことって？　なにか悪いことでも起こったか？　やっぱ振られたか？　気色悪がられたか？」

「それは……べつにないけど……つか、付き合ってもいいって」

納得はまるでできないけれど、雪野はさっきはっきりとそう言った。

「なんだ、じゃあ文句ないだろうが。先輩も物好きだなぁ、おめでとさん」

ポンっと高い位置にある肩を叩き、ニッと人をおちょくる男は笑う。

「なに言ってんだ、おまえが用意した偽物のラブレターだろうが。それに、俺は付き合うなんて……」

「アレがでっちあげでも、おまえの気持ちは同じなんだろう？　まさか断るなんて言わないよな？　断る理由ないもんな？　だって、好きなんだろ？」

まるで誘導尋問《じんもん》だ。巧《たく》みに追い詰めたのち、益本は『よし、やったな！』とダメ押しに抱井の肩をもう一度叩いてきた。

抱井《かかい》家の休日は、午前中は親に見つからずに外出することは困難だ。ガーデニングが趣味の母が庭先に陣取《じんど》り、自慢の鉢植《はちう》えの手入れをしつつ、近所の人とお喋《しゃべ》りをしたりしているからだ。

案《あん》の定《じょう》、日曜もさり気なく門扉《もんぴ》を開けて出ようとしたら、サルビアの苗《なえ》を植え替え中の母親に見つかった。

「あら優《すぐる》、休みなのに早いわね。お友達と約束?」

「まぁな、行ってくる」

必要以上に無愛想《ぶあいそう》な返事で、不審に目も合わせない息子に、母親は敏感《びんかん》になにかを察したらしい。

「やだ、デート⁉」

「そんなんじゃねぇよ」

「彼女できたんならお母さんにも紹介してよ。あんた男子校なんかに通っちゃって、女の子に免疫《めんえき》ないからいいお嬢《じょう》さんを見極められるのか心配だわ」

『家から近くていいわねぇ』なんて理由で、今の学校を受験の際に強力に推《お》したのは誰だったのか、母はすっかり忘れている。お嬢さんを見極めるどころか、そのせいで息子が男を選んでしまったなんて想像もつかないに違いない。

送り出される抱井は複雑な思いで家を後にした。

今日は雪野《ゆきの》とのデートだ。あの後、益本《ますもと》と別れて図書室に戻った抱井は、抗《あらが》えない空気に押されて連絡先を交換。『じゃあ、今度一緒にどっか行ったりしますか？』なんて、調子のいいことを言ってしまった。

確かに断る理由はない。こっちは一目惚《ひとめぼ》れの片想いで、あちらは気紛《きまぐ》れだか絆《ほだ》されたのだか知らないが、付き合うと言ってくれているのだから、素直に舞い上がればいいところだろう。ヒャッホーだ。

いや待て、でも世の中には性別の壁というものが――

無自覚に常識人ぶりを発揮《はっき》する抱井は、目的地に着くまでの間、たっぷりと葛藤《かっとう》し続けたものの、それも電車を降りて待ち合わせの改札口に辿《たど》り着《つ》くとどうでもよくなってしまった。

時計塔の前に佇《たたず》む想い人の姿。

初めて私服姿の雪野を見た。

淡いピンクのシャーベットカラーの薄手ニットにベージュのチノパン。綺麗めの服装だ。ふわふわと細い体が泳いで見えるニットは、やや女の子っぽすぎるか。早速《さっそく》ナンパらしき男が声をかけようとしているのに気がつき、抱井は足早に駆け寄って阻止《そし》する。

「雪野先輩！」

「あ、抱井くん、おはよう」

ナンパ男はタイミング悪く現われた彼氏よりも、雪野の女性ではない声に驚きを示していたが、抱井はそんなことには構わなかった。

「すみません、待たせてしまったみたいで」

「僕がちょっと早く来てしまっただけだよ。遅れるよりいいと思って早く家を出ちゃって」

気恥ずかしそうに雪野は微笑《ほほえ》む。

なんという優しさ。プラス可愛さだ。

早くも覚え始めたトキメキを胸に、抱井は並んで歩き出す。なんの捻《ひね》りもないが、デートの定番として映画を観《み》に行く約束だった。

「チケットはもうネットで買っておいたんですけど、本当に俺が映画決めちゃってよかったんですか?」

「うん、今なにをやってるか僕は詳しくないし。それに……」

「……それに?」

「僕は君と行けるなら、なんでもいいっていうか……」

ついと視線を逸《そ》らされたけれど、お世辞《せじ》にも察しがいいとは言えない抱井にも、雪野が照れていることぐらいは判る。

ナニコレ、と思った。

こんな夢みたいなことがあっていいのだろうか。展開が甘すぎる。恋愛シミュレーションゲームだって、最初はもっと辛口《からくち》に始まるのではないのか。

現実は理想を超えた。

そっと隣を見れば、秋の優しい日差しを浴びて歩く雪野がその栗色の髪をきらめかせ、目が合うと甘くはにかんで笑む。駅から徒歩で五分ほどの映画館に辿り着くまでの間、抱井は地に足のつかない気分だった。

映画は勝手に選んだといっても、自分本位に決めたわけではない。抱井は高校生男子らしく派手で判《わか》りやすいアクション映画が好きだが、雪野のイメージは違っていた。絵画が好きならいだから、もう少しアートでお洒落《しゃれ》な感じがいいのだろうと、それっぽいタイトルを選んだ。

どちらかというと大人の女性の好みそうな内容だ。館内の客席も女性が多く、始まってみれば、淡白《たんぱく》な内容は暗い画面も後押しして眠気を誘い、抱井は欠伸《あくび》を噛み殺すので精一杯だった。

初デートで居眠りなんて避《さ》けたい。なんとか意識を保《たも》とうと必死の抱井は、雪野の可憐《かれん》な姿を見て目を覚まそうと、半目になりつつも隣を見る。

目蓋《まぶた》の重さが一気に消えた。

美貌《びぼう》に当てられたからではない。

雪野は一足先に寝入っていた。

爆睡《ばくすい》という言葉がこれほど似合う寝姿もない。映画に見切りをつけたかのように深く座席にもたれ、体がずり落ちてしまったのか後頭部の髪が乱れて浮き上がっている。

スクリーンの光に照らし出された半開きの唇に、抱井はドキリとなった。

口元で艶《つや》やかに光る雫《しずく》。

――ヨダレだ。

これはどうしたものか。

感動の涙を拭《ぬぐ》うハンカチなら、差し出すつもりでぬかりなく持参《じさん》済みだが、コレは対処に困る。『どうぞ、ヨダレを拭ってください』では雪野に恥をかかせるだけかもしれないし、勝手にヨダレを拭うというのも親切を越えて変質者めいている。

グルグルと対応にまごつくうちに映画はクライマックスを迎え、抱井の眠気は飛んだが内容にも入り込めないまま終わってしまった。

「なんだかややこしい映画だったね」

映画館を出ながらの会話も反応に困る。

「え、ああ……まぁ」

「抱井くんはああいう映画が好きなの？　ちょっと意外だな」

「いや、そうでもないですけど……評判がいいみたいだから、どうかなって……あのっ！」

抱井は意を決し、自《みずか》らの顎《あご》を指差して示す。

「ここ、あとがついてますよ」

なにが、とはもちろん言えなかった。雪野は不思議そうな顔して小首を捻《ひね》ったが、手の甲で拭うと『あっ』となって照《て》れ臭《くさ》げに笑んだ。

「ありがとう。君、優しいんだね」

きっと彼は疲れていたのだろう。

昨夜《ゆうべ》緊張して眠れなかったとかかもしれない。自分もそうだった。

同性、異性ひっくるめても、ここまでちゃんとしたデートらしいデートはほぼ初めてだ。

なにを着て行こう。デートのプランはどうしよう。お天気の話題以外に、彼と自分は上手《うま》く話せるんだろうか。

考えすぎてよく眠れなかった。

男だってデートに身構えるのは同じだ。そうだ、雪野もきっとそうだったに違いない。

納得のいく理由が見つかったところで、抱井の気分も再び浮上する。

映画の後の遅いランチは、抱井が候補に選んでおいた店の中から雪野が決めた。こじんまりとした可愛いイタリアンレストラン。見た目はお洒落《しゃれ》だけれど、ランチの価格は高校生でも手の届く範囲で、ちょっと気取った初デートにはぴったりの店だ。

女性やカップルばかりの店でも、雪野が男臭くないせいか違和感がない。真っ白なテーブルに運ばれてきたランチプレートのサラダをフォークで突っつく姿も可愛く、小動物系だなぁ……なんて。

「素敵な店だね、抱井くんってこういうところ知ってるんだ?」

「俺も初めてです。いつもはファストフードとかラーメンぐらいしか行かねぇから」

「いつものとこでよかったのに」

「けど、せっかく先輩と出かけるのにそんな店じゃもったいないっていうか」

至福《しふく》のひとときにデレデレになりつつ、顔だけは涼しい表情を装《よそお》っていると、雪野がまたも想定外の言動を示した。

「その先輩っていうの、なんだか他人行儀《ぎょうぎ》でやだな。付き合うんだし、千星《ちせ》でいいよ」

「そんないきなり呼び捨てなんて……」

「抱井くんの名前は優だっけ？　じゃあ優でいいよね？」

「えっ……」

『いいよね』と言われましても。

デート初日での呼び捨てはプランに組み込まれていない。それはもっと親しくなってから。どちらかというと自分のほうから持ちかけ、奥手の雪野が恥ずかしがって嫌がるのを宥《なだ》めたりして、やっと呼んでくれた名前に胸をキュンとさせるというのが理想の——

「あ、もしかして嫌だった？」

雪野の眸《ひとみ》の輝きが失われそうになり、抱井は慌てて首を大きく横に振る。

ええい、『すぐる』なんてもったいつけるほどの名前か。

「よかった。優、じゃあちょっと時間早いけど、この後うちに来る？」

「え……」

それもまた唐突だ。

ランチ後のデートコースはそれなりに考えていた。けれど、どうしても果たさねばならない予定ではない。それに男同士とはいえ、名前呼びのお付き合いを始めるからには、家族に会って挨拶《あいさつ》すべきところな気もする。

雪野の家はきっとそういう家庭なのだろう。

友人ができたらすぐに両親に紹介する家だ。抱井が中学のときも、そういう同級生がいた。『めんどくさいなぁ、マザコンかよ～』なんて仲間には不評だったけれど、そいつの家に行ってみたら、自動で開くドデカい門扉に車が五台も並ぶガレージ、家政婦のお出迎えで妙に納得させられた。

抱井の想像する雪野も、大きなお屋敷に住む裕福《ゆうふく》な家の子息だ。

いや、イメージだけなら深窓《しんそう》の令嬢《れいじょう》と呼ぶほうが相応《ふさわ》しい。雪野自身、絵を嗜《たしな》み、洒落たアトリエで心静かに週末はキャンバスに向かっていたりしそうだ。整い過ぎた容姿は浮世離れした感じがするし、清潔感溢《あふ》れるその空気はきっと温室状態で大切に育てられたからに決まっている。

そんな純粋な雪野であるから、きっと自分の告白も益本のフザケだとは知らずに信じて応《こた》えてくれたのだろう。

――ならば、ご挨拶して然《しか》るべきだ。

「是非《ぜひ》、行かせてください」


店を出て自宅に向かったのは、三時を過ぎた頃だ。家は学校から徒歩圏内にあるらしく、通い慣れた駅前の見慣れた風景を辿り、駅の裏手の住宅街で雪野が入って行ったのはこじんまりとしたアパートの入り口だった。

「え、ここ……？」

思わず動揺を声に出してしまったのも無理はない。オートロックのエントランスなどもない、極庶民的《ごくしょみんてき》な軽量鉄骨《てっこつ》二階建てのアパートだ。

「うん、学校まで歩いて行けるのは楽だよ」

「でも、ここ車五台も置くとこないし……家族で住むにはちょっと狭くないですか？」

「五台？　なに言ってんの優？　まだ言ってなかったっけ、一人暮らしなんだよ、僕」

「一人……暮らし？」

高校生では珍しい。

では、両親の豪邸《ごうてい》は別にあるとして……なんて、金持ちの息子説を捨てきれない抱井だったが、それより気になったのはこの状況である。

つまり、二人きりということだ。

初デートで男を家に招くなんて、無防備すぎやしないだろうか。男同士だから友達感覚で油断してしまっているのか。

戸惑うまま一階の部屋に案内された抱井は、部屋に入ってまたびっくりした。ちょっと広めの1Kだ。それはいいとして、床がよく見えない。ところどころクリーム色のフローリングは顔を覗かせているが、全容がよくわからないほど、ものに塞《ふさ》がれ埋《う》もれている。

これはもしや、汚部屋《おべや》――

「ごめん、朝出かける前に掃除しようと思ってたんだけど、寝坊しちゃって」

とても出かける前にちゃっちゃとどうにかできる状況ではなく、年末大掃除級の介入《かいにゅう》が必要な混沌《こんとん》ぶりだったが、立ち尽くす抱井に『ちょっと待ってて』と言い残し、雪野は焼け石に水の片づけを始める。

アトリエでキャンバスにでも向かっていそうな深窓のご令嬢は何処《どこ》へ。

――いや、そういうこともあるだろう。

ご令嬢なんて、自分が勝手に想像していたに過ぎない。世間の九割が庶民だというのに、そんな決めつけをして一方的にがっかりするなんて雪野に失礼だし、掃除が苦手な男だって珍しくない。むしろ、雪野の暮らしぶりをこうして生々しく感じ取れることに喜びを見出すべきところじゃないのか。

奇怪《きっかい》なオブジェのように積み上げられた雑誌や、小高い丘を形成した衣類、窓辺に下がった洗濯もののワンウィーク分はありそうな靴下やらにトキメキを覚えようと精神統一を試《こころ》みる。

「待たせてごめんね。いいよ、ここに座って」

掃除が完了した顔で呼ばれたものの、クリアになったのは置かれたフロアクッションの周囲だけだ。しかし、尻を落ちつけるには問題がない。触れもしない部屋の四方が散らかっていたからといって、なんの支障も――

「……はぁ」

腰を落ちつけた途端、無意識に溜め息が零《こぼ》れた。

今のはなんだ、俺の溜め息か？

なんだか疲れてきた。

なにに？

そうだ、脳内でフォローを繰り返すことにだ。

もう深く考えるのはよそう。いろいろと初デートに期待を膨《ふく》らませ過ぎるからズレに違和感を覚える。人生は川の流れだ。流れにゆったりと身を任せてさえいれば――

「優、隣座っていい？」

雪野の問いかけに「どうぞ」と上《うわ》の空で応えると、次の瞬間、視線が宙に浮いた。

「うわっ！」

ぐいっと体を押されて視界が回転、天井を仰《あお》ぐ羽目《はめ》になった。

照明以外はなにもない、すっきりとした空間だ。『あ、さすがに天井は散らかってないな』なんて間の抜けた感想を抱《いだ》きかけ、置かれた状況のおかしさに気がつく。

つか、俺なんで天井見てんの？

身を起こそうにも、体の上に重たいものが乗っかっていた。どっかりと鞍《くら》でも跨《また》ぐみたいに馬乗りになった雪野は、なんだか真剣な目をして抱井のシャツのボタンと格闘を始める。

呆然となる抱井が声をかけたのは、三つ目のボタンがその細い指先で外されてからだ。

「えっと……なにやってんです？」

「……君の服を脱がせようと思って」

「いや、それは見れば判るんすけど……」

半分以上シャツを開いたところで、雪野はあどけなさすら感じる桜色の唇から、ほうっと感嘆の吐息をついた。

「すごい綺麗な胸筋《きょうきん》……優って部活もやってないのに、いい体してるんだね」

——そうか、これはあれだ。

「もしかして、俺をモデルにしたいとかですか？　先輩、やっぱ自分でも絵を描くんでしょ？　ほら、クロッキーっての？　鉛筆でちゃちゃっと人物描き取ったりするやつ、俺の裸でやってみようかなってそういう……」

「ヌードクロッキーのこと？　僕は絵は描かないよ。絵を見るのも、嫌いじゃないけどすごく好きってわけでもないし」

「へ？　け、けど図書室でいつも……」

「ああ、あれはね、バイトに行くまでの時間潰《つぶ》し。週の半分くらい夜は飲食店で働いてるんだ。学校は駅から近いし、わざわざ一度家に帰るのもかったるいなぁと思って」

かったるい。およそ雪野に似つかわしくない言葉がその唇から零れる。表情だけは天使のような無垢《むく》な美しさの据《す》え置《お》きだ。

「絵なら読む必要もないし、手軽でいいでしょ」

にこっと笑んだ男の指がすっと胸元を撫で、抱井は『ひっ』と声を上げて身を弾《はず》ませた。

「わ、嬉しいな、優って敏感なんだ」

「おっ、おっ、俺の体でなにを？」

切羽詰《せっぱつ》まった問いかけに、雪野は小首を傾《かし》げつつ事もなげに言い放った。

「セックス、しよ？」

セックス……ああ、あれだ、性別のことだ。オスとメス、ボーイとガール、そうに違いない、なんでもいいからそうだと言って——

「ちょ、ちょ、ちょっと待ってくださいよっ！」

シャツのボタンを外し終えた雪野の手が、無遠慮にジーンズの革ベルトにかかり、『げっ』となる。

フォローなどもうできるはずもなかった。

無防備なのも、油断しまくりなのも自分。男に家に招かれ、のこのこついていくバカであり、男同士だから……おまけに雪野の顔がたおやかな美人だからという理由で、なんの警戒心も抱かずにいたのは自分のほうだ。

「ちょっと先輩っ、なんで急にっ、おかしいってこんなのっ……絶対、変だからっ！」

幸い雪野のウエイトは見た目どおり軽い。抱井は両手を床につき、半身を起こしてずるずると身を引かせた。転がり落ちそうになった雪野は、男にしては丸い小さな尻をどっかりと抱井の腿《もも》に乗せ直してくる。

「いでっ！」

両手を肩にかけられ、再び重力に負けて寝転がった拍子《ひょうし》に、頭になにかをぶつけた。

「なんだ……ティッシュ？」

なにしろ、そこら中にものが溢《あふ》れた部屋だ。豆腐《とうふ》の角ならぬ、ボックスティッシュの角だった。抱井の後頭部に打たれて凹《へこ》んでしまっている。

「いいよ、ティッシュの箱くらい。気にしないで」

俺はよくないんすけど！

ティッシュの箱はどうでもいいが、箱が潰れた原因は受け入れがたい。

「ちょっと、ねぇっ、頼むから落ちついてください。なんすか、これ？　いきなりセックスって……そっ、その前にすることがいろいろあんでしょ！」

どういうことだ。どういう人なんだ、一体。パニックに陥《おちい》る頭では、要領を得た説得などできようはずもなく、腿の上の雪野は目を丸くした表情だ。

「その前って……キス？」

「それもだけど、もっと前っ」

「もっと……ああ、優ってムードのある音楽とかが必要な人？」

「そうじゃなくて、もっとこう全体的にっ……」

この汚部屋でムードたっぷりの音楽なんてかけられてもシュールなだけだ。

どう理解させるべきかとまごついていると、視界が暗くなった。身を屈《かが》めた雪野が躊躇《ためら》いもなく顔を近づけ、ふにゃっとしたものを唇に押し当ててきた。

「んっ……」

不意打ちのキス。事態がそれどころじゃなさ過ぎ、感動する余裕もない。

ただ想像以上の柔らかさだけが、唇に感触として残った。

「な、なにやって……」

「キス。君が先にしろって言ったから」

「先にって、だからそういうことじゃなくて……」

ちょっとだけ離れた唇は、また戻ってきて会話を遮《さえぎ》る。

桜餅《さくらもち》でも押しつけられてるみたいな唇だ。柔らかくて、頼りなくて、それは抱いていた雪野のイメージそのものなのに、ちゅっちゅっとあからさまな音を立てて艶《なま》めかしく抱井の唇を貪《むさぼ》ってくる。

「ん…うっ……」

ちろりと伸ばされた舌は引き結んだままの唇を抉《こ》じ開《あ》け、淫蕩《いんとう》としか言えない動きで口腔《こうこう》の粘膜《ねんまく》を舐《な》め回《まわ》した。逃げ惑う抱井の舌にくねくねと動いてからみつき、擦《こす》り合《あ》わせて性感を刺激する。まるで娼婦《しょうふ》が客をその気にでもさせようとしているみたいな、巧《たく》みなディープキスだ。

確か数日前まで指がちょいと触れ合ったくらいで一大事件で、妄想ですらその肌を拝《おが》むのを躊躇っていたくらいの無垢《むく》な関係で――

現実が理想を超え過ぎだ。

クラクラする。けれど、その『クラクラ』が動揺によるものなのか、口づけによるものなのかは判らない。

ねっとりとしたキスを終えた唇が離れると、不覚にも心臓がドキンと飛び跳ねた。

赤く充血した唇。とろんとした淡い色の眸は、映画が終わったばかりのときの眠たげな眼差しにも似ているけれど、よく見ると濡れて潤《うる》んでいて、頬は上気《じょうき》して薄紅色《うすべにいろ》に染まっている。

あ、やっぱり顔キレイだなぁ。

こんな状況でも、うっかり見惚《みと》れてしまった。

「優、セックスは嫌い？」

嫌いかどうか判断するほどの材料がない。しかし、それを明らかにするのもなんなので、

「嫌いじゃねぇけど……」と言葉を濁《にご》せば、雪野は甘ったるい声で言った。

「僕は好き。気持ちいいから」

「せ、先輩はイイかもしんねぇけど、俺はヤられたことなんて……」

「君がするほうでいいよ。ていうか、僕……されるほうが好きだから」

「そ、そうなんだ？」

見た目を裏切りまくりの雪野だが、そこは外見どおりらしい。

自分が襲われるほうじゃないと聞き、単純にも少しほっとした。やっぱり自分は平凡な男で、誰かを押し倒したいと思うことはあっても、押し倒されたいだなんて思えないし——などと、のん気に再確認していると、雪野が乗っかった身をずるっと動かした。

「うっ……」

思わず呻《うめ》いた。ジーンズ越しの息子の上に尻を下ろされ、心地いい圧迫感に声も出る。

雪野は自らニットの裾《すそ》をたくし上げ始めた。

「あっ、あの……」

間抜けに発した声が宙に浮く。妄想で何度か脱がしかけた服の下の肌が、眼前で露《あら》わになっていく。白く透《す》けるような色。触れたら吸いつきそうに滑《なめ》らかな質感。元々骨格《こっかく》が華奢《きゃしゃ》らしく、

痩《や》せているのにゴツゴツと骨の浮いたところはない。

両胸に浮いた乳首はピンク色で、見えたときにはもうツンと尖っていた。雪野は抱井を見つめる眼差しをゆらゆら揺らし、それを自らの指で挟《はさ》んだ。

「んっ……ぁう……」

右も左も。やんわりプレスし、指の腹で擦《こす》って扱《しご》くような仕草を見せる。男の乳首なんて飾り程度に思っていたけれど、雪野が感じているのを抱井はダイレクトに知らされた。

尻が揺れてジーンズの下のものを刺激する。雪野が『あっ、あっ』と微《かす》かな声を上げる度《たび》に卑猥《ひわい》に揉《も》み込《こ》まれ、健全な十七歳である抱井の子息は快楽に素直に反応を示した。

「すぐ…るっ……あっ、も……」

「……せっ……先輩？」

「あ、僕……もぅ……」

奔放《ほんぽう》な雪野はさらに素直だった。

片方の手を下腹部に這《は》わせ、自《みず》らパンツの合わせ目まで寛《くつろ》げる。ボタンを外し、ファスナーを下ろし、切なげな手つきで雪野が下着に指をかけると、熟《う》れた果物のような性器がぷるんと可愛らしく飛び出してきた。

ゴクッと抱井は思わず喉《のど》を鳴らした。

「……優、ねぇ……触って？」

「さわっ…る…って、まさか……」

「これ……あっ、ねぇ……コレをっ……」

雪野が尻を揺する度、目の前の果物が跳ねる。息子は尻に揉まれて快感が電流のように走り、プルプルと揺れるフルーツが美味《うま》そうに誘って、交換電流がまたビリビリと——

頭がいっぱいいっぱいだ。飽和《ほうわ》状態で抱井が身を強張《こわば》らせていると、覆《おお》い被《かぶ》さってきた雪野があっさりデリケートな問題を口にした。

「優、もしかして……セックス、したことない？」

「あ、ある。セックスくらい前に」

「ほんと？」

「中学んとき、二年の夏休みに……」

友達やその姉弟《きょうだい》と泊まりでキャンプに行ったときだった。友達の姉ちゃんと同じテントになった。友達も一緒のテントだったのだけれど、肝試《きもだめ》しに出てしまい、高校三年生の姉と二人きりになった。元々ませて色っぽかった姉と怪談話をするうちに妙な雰囲気になり、好奇心のままに体を触ったり、触らせたり。いつの間にかそういうことになっていた。

けれど、挿《い》れたのは半分くらい……いや、正直三分の一も入っていない。

未経験の中学生には刺激的すぎ、あっさり暴発《ぼうはつ》、抱井少年の初体験は三秒で終わってしまった。

武勇伝《ぶゆうでん》だか黒歴史だか判らない、キャンプの思い出だ。

「それはセックスのうちに入らないと思うよ」

暴発は伏せ、『姉ちゃんが痛がったから半分だけ』なんて言い訳極まりない嘘で説明したにもかかわらず、雪野は否定した。

「ぜ、全部入れなきゃセックスじゃないって？」

「ていうか……もっとちゃんと感じ合わないと」

「ゆ、雪野先輩……」

そっと取られた手にドキリとなる。白い手に股間《こかん》へと導《みちび》かれ、抗えない急流に押し流されそうになる。

「先っぽ挿れただけなんて、つまんないよ。セックスはもっと挿れたり出したりしてさ、ズコズコやんないと……ねぇ、君も」

甘い声が耳元で囁く。

セックスだのズコズコだの、聞いたことのない、今後も聞く予定のなかった雪野の言葉の数々で、心の単語帳が埋《う》められていく。

書きとめられた単語帳のページに、心のどこかがピキリと音を立ててひび割れるのを聞いた。

「…………やっぱ、むり」

「え……？」

抱井は力を籠め、ドンと想い人を突き飛ばしていた。

「無理だから。しねぇからっ！」


夕食は静かだった。

抱井家のダイニングテーブルには両親と息子、三人がついているものの、食器の鳴る音だけがさっきから響き続けている。息子に至っては、それすら鈍《にぶ》い。

成長期の十七歳である抱井はいつもは先を急ぐように豪快《ごうかい》に食べるくせして、今はのろのろと箸《はし》を動かすばかりで、時折ぼうっと宙を見つめて動きを止めては、メインのメンチカツをぽろりと落としそうになる。

「それで優、どんなお嬢さんだったの？」

母親がついに痺《しび》れを切らしたように声を発した。

「デートじゃないって言ってるだろ」

そうは言っても、こんな明らかにおかしな息子の様子を見ては気にもなるだろう。二つ年上の兄は大学進学で上京し、現在の抱井家は一人息子状態。母親の関心も一身に集まる。

どんなお嬢さんだったの？　可愛い子かしら？　どこに行ったの？　とまぁ、いろいろ尋ねたいことはあるだろうが、息子の食事の様子を見るに結論は一つらしい。

「あなたやっぱり……見る目がなかったのね。思ってた子と違ってたんでしょう？　男子校なんて通わせるんじゃなかったわぁ。猛《たける》みたいに共学にしておけば……」

ガタン。箸を置いた抱井は椅子を鳴らして立ち上がる。

「ごちそうさま」

「ちょっと優、まだ残ってるじゃないの。待ちなさい！」

「いいから、放っておけ。あの年頃にはいろいろあるもんだ」

ダイニングを出て行く息子を母親は呼び止め、黙々《もくもく》と食事を続けていた父親は、己《おのれ》の若い頃の失敗でも思い出したのか、なにもかもを見通したように言う。

ああ、あるとも。あったとも！

夕日に向かって走り出したい気分だが、もう日は暮れてしまった。階段を荒っぽく上がる。

二階の自室に入ると、タイミングを狙《ねら》いすましたかのように携帯電話に着信があった。

益本だ。今日のデートの結果を聞いて冷やかすつもりなのだろう。脱力してベッドの端に腰をかけ、電話に出ると抱井の口からは反射的に言葉が零れた。

「無理」

今日一日が、その二文字の熟語に要約されている。

『へ、なにが?』

「なにがじゃない。おまえが余計なことをしたせいでな……」

益本が蒔《ま》いた種だ。電話の向こうで目を丸くしているであろう男に、今日の顛末《てんまつ》を話す。雪野のプライバシーに関わる部分はぼかそうにも、部屋で押し倒された一件は外せない。

振られたほうがまだよかったかもしれない。抱井が焦《こ》がれた『雪野千星』という男は、海のあぶくのように儚《はかな》くも消え去った。『雪野千星』なんて名前のピュアな上級生など、この世に存在しなかったのだ。

話を聞き終えた電話の向こうは沈黙した。

「……益本？」

きっとあまりのことに自分同様ショックを受け、言葉にできない……のかと思いきや、妙な息遣いが遠く微かに聞こえる。

『ひっ……ひっ……』

「おい益本、おまえどうしたんだ⁉」

『……いや、笑い堪《こら》えてたら腹筋が引《ひ》き攣《つ》りそうになってさ』

『すまん、すまん』と臆面《おくめん》もなく言う男に、やっぱり話すべきじゃなかったと抱井の頬も引き攣る。

『なるほど、あんな草食動物の代表みたいな顔して、がっつり肉食とはなぁ。やっべ、先輩って面白いかも』

「どこが面白いんだ。俺は襲われたんだぞ？」

初めてのデートで、自分から乗っかってくる男。先っぽも半分もセックスじゃないと言い切られ、経験値《けいけんち》の乏《とぼ》しい一介《いっかい》の男子高校生が付き合うにはハードルが高すぎる。

というか、正直引いた。勝手かもしれないが、あんな人とは思ってなかったというのが本音だ。

思い返すほどに項垂《うなだ》れていると、益本が合点《がてん》のいった声で告げた。

『まぁでもこれで、先輩がどうしておまえと付き合うって言い出したのか、理由が判ってすっきりしたじゃないか』

「え……？　理由って？」

『おいおい、まさかここまできて判らないとか言わないだろうな。いつまで夢見てるんだよ。あの容姿に惑わされるな、心の目で見ろ！　体目当てだったに決まってんだろうが』

雪野が付き合い始めたのは気紛《きまぐ》れや優しさからなのだろうと思っていた。けれど、優しさがまやかしで、明確な理由があるとするなら、益本の言うとおりだ。

「そ、そうか……確かにそうだな」

『おまえ、なんも特別な運動してないわりにいい体してるしなぁ。顔もいいし、世が世なら……いや、男子校でさえなきゃモテたはずだ。あの人も「エッチしてもいいかな〜」なんて軽く思ったんだろ。そうだな、俺もゲイだったらおまえに言い寄ってるかもしれん』

余計《よけい》な一言に無駄な想像をしてしまい、抱井は鳥肌が立ちそうにぶるっとなる。

「気持ち悪いこと言うな。とにかく、そういうわけだから、先輩には明日学校で謝るつもりだ」

『謝る？　なにを？　腰抜けで逃げ帰ったことか？』

「それじゃなくて、付き合えないと言わなきゃならんだろ」

　気が重いが、ちゃんと伝えないわけにもいかない。

『待て待て待て！　別れるほどのことじゃないだろ』

「……は？」

『そんなにあっさり別れられたらつまらな……いや、後悔するぞ。恋人同士がセックスに至るというのは、極自然で健全な流れだ。ただそれがちょっと時期尚早《しょうそう》だったというだけで』

「おまえさっき、惑《まど》わされるなと言ったばかりじゃないか」

『相手の本質を見抜いた上で付き合えばいいんだ。顔は好みなんだろう？　アイプチ二重《ふたえ》でつけまが特盛《とくもり》だったとかじゃないんだろ？　なにも据《す》え膳《ぜん》まで蹴《け》る必要ないだろうが。せっかくだからいただいておけばいいんだよ』

「いただくって、そんないいかげんな……」

　益本の勢いにたじろいだ。弓道部ではなく弁論部にでも入ったほうがいいんじゃないかと思えるほど、口のよく回る男だ。

　隙を逃《のが》さず益本は畳《たた》みかけてきた。

『おまえは肉食のなりして草食か！　プランクトンで巨体維持《いじ》するジンベエザメじゃねぇんだから、男なら肉を食べろ、肉を！　文句は食べてみてから言え！』

ジンベエザメは確かプランクトンだけでなく小魚も食べるはずだとか、草食で巨体のたとえを出すならゾウかカバだろう、でもカバは凶暴だし、そもそも自分は背が高いだけで巨体ではないとか。

益本の言葉にはいろいろと反論が浮かんだが、結局一つも言い返せないままだった。

雪野とのセックスに興味がないと言ったら嘘になる。外見はやっぱり好みだ。かといって、性格も含めたすべてを好きかと問われたら今や微妙なわけで、気持ちが宙でぶらぶらになっているのに、そんなことをするなんて不誠実じゃなかろうか。

しかし、当の雪野がそれを求めているとなると、手を出したところで誰に迷惑がかかるということもないわけで――

「……据え膳かぁ」

水曜日。帰りのホームルームが終わり、にわかに教室が騒がしくなる時刻。帰り支度もせずに机でぼうっとなる抱井が、ざわめきに乗じてぼやいていると、制服のズボンポケットに突っ込んだ携帯電話がぶるっと震えた。

雪野からのメールだ。

『優、まだ学校にいる？　水曜って図書委員休みだったよね？　一緒に帰らない？』

どうして休みなのを知っているのだろう。

水曜日は、ほかのクラスの図書委員の部活が休みでカウンターに入ってくれるから、抱井は家に帰れる貴重な曜日だ。

一瞬迷って返事を送った。

『いいですよ。まだ帰る用意してないんで、正門とこで待っててもらえますか？』

すぐにまたメールが届いた。

『わかった。今日僕もバイト休みだから、よかったらうちに寄って帰らない？』

来た。

早速《さっそく》、また家への誘いが来た。

急にばっと立ち上がった抱井を、近くで喋っているクラスメイトがぎょっとした目で見る。

抱井は黙々と荷物を鞄に突っ込み、教室を出ると、やや気持ちの先走った感のする前傾《ぜんけい》姿勢でぐんぐん歩いた。

よし、決めた。食うぞ、据え膳を食うぞ。

腹を括《くく》って男らしく思うも、『今日のパンツ何色だっけ？』なんて乙女な心配をするのも忘れない。確か特に気に入りでもない柄物《がらもの》トランクスだ。トランクスってなんとなく緩くてだらしないイメージじゃないだろうか。パンツの中がフリー空間だからか？　ああくそ、トランクス派でもないのに、なんでよりにもよってこんな日に！

「優、どうしたの？　そんな怖い顔して」

よもやパンツの形状に苦悩しているとも知らない雪野は、正門で出迎えると心配げに言った。

「もしかしてまた具合悪くなった？　お腹《なか》でも痛い？」

「あ、いや……べつになんでもないです。今日はピンピンしてます。ちょっと急いで来たから」

日曜は急に逃げ帰った理由を、咄嗟《とっさ》にハライタだなんて言ってしまったのだ。それもまた情けないが、貧血《ひんけつ》だとか言うのは男らしくないし、息子の不具合なんて嘘はもっと避けたい。

「い、行きましょうか」

肩に力入りまくりの抱井は言い、リラックスムードの雪野は『うん』と可愛く頷いて、スキップでもしそうな調子で歩き出した。

ぎこちなく揃《そろ》えて繰《く》り出《だ》した右手と右足が、ようやく自然に動き始める頃、アパートに着いた。

部屋に入ってみて驚いた。綺麗になっていたからだ。部屋全体がではなく、衣類に埋《う》もれて全容が明らかでなかったベッドの上だけがだ。

こんな判りやすい状況、ある意味すごい。

「ゆ、雪野先輩っ！」

呆然となる間もなく、押し倒される。

「こないだの続き、してもいい？」

「えっ、あっ……」

「よかった、元気になってくれて。嬉しいな、こっちも元気になってくれるといいけど……頑張って気持ちよくしてあげるね？」

「ちょっ、ちょっと待ってくださいっ……ひぇっ！」

なにをどう頑張ってくれるのか。むぎゅっと制服越しに中心を引《ひ》っ摑《つか》まれ、情けない声が出た。

「ごめん、強くしすぎたかも。あ、でも、まだ柔らかいのに君の……おっきい」

「ちょっと、なに言って……」

「これ……いいの？　僕にしてくれる？　ね、こないだ言ってた話……全部入れたことないって本当？　それって、つまり童……」

目の前にセックスの餌をぶらさげられた雪野は、まるで猫にマタタビだ。熱にでも浮かされたみたいに迫《せま》り寄《よ》ってきて、言《い》い難《にく》いこともうっかり口にしてくれようとする。

「待ってくださいって言ってんでしょっ！」

ドンッとついまた突き飛ばしてしまった。

「やっぱり、やめましょう。こんなことはよくない。絶対によろしくない！」

自分がこんなに柔軟性に乏《とぼ》しい人間だとも、お堅《かた》い常識人だとも思わなかった。

恋は秘めた性質をどうやら浮き彫りにする。

「やめるって、どうして？　そうだ、CD買ったの忘れてた。優、ムード音楽とかかけたい人みたいだから、昨日CD屋さんに行ったんだよ。『セックスんときかける音楽って、どういうのがいいですか？』って訊いたんだけど、よく判らなくてさ」

なにげにまた非常識なことを言っていると思ったが、そこに突っ込んでいては話が余計にややこしくなると抱井は無視した。

「そういう問題じゃないんです！　CDはどうでもいいですから、俺はもっと普通に恋愛がしたいんです！」

「……ふつう」

「そう、普通です」

「普通って、どういうの？」

「と、とりあえず……エッチはもっと後です。よく判らないけど、デート何回もしてからじゃないですか。二、三ヵ月くらい付き合ってからとか、先にキスしたり、手を繋《つな》いだり！　キスだっていきなりその日にしないと思うんですよ。十回くらいデートしてから？　もっとメールのやり取りとか、電話とか先にやることがいっぱいあんでしょ？　なんで飛ばしちゃうんです、そこ大事なのに！」

きょとんとしてベッドに正座している雪野を前に、抱井は必死で言葉を並べ立てた。少しでも隙を作ろうものならまたイニシアチブを奪われる気がして、押し倒されて息子が鷲摑《わしづか》みにされるんじゃないかなんて危機感で、とにかく思いつく傍《そば》から口にした。

この性に恐ろしく開放的な、思い描いていた雪野千星とは似て非なる男をどこまで好きになれるか自信はないが、それでも付き合うというのなら、せめて交際の仕方くらい理想に合わせてもらう。セックスフレンドモドキの関係なんて、もってのほかだ。

ポカンとしながらも、雪野は反論はしなかった。

「つまり……順番にってことだね」

「そう、順番です！」

「どうして守る必要があるの？」

子供のように問う雪野の薄い両肩を摑み、抱井は力強く言った。

「俺は恋愛には甘酸《あまず》っぱいドキドキが欲しいんです！」

時が静止した。この瞬間、まるで地球上のすべてのものが動きを止めてしまったみたいに感じられた。

——恋は自分の知らなかった一面を覗かせてくれる。

自分がこんな恥ずかしいロマンチストだとは知る由《よし》もなかった。ピクリとも動けないまま、抱井はカッと頰に集まる熱を感じ、てっきり噴き出すとばかり思った雪野は笑わなかった。

「いいよ、判った。じゃあ、毎週デートごとに先にすることとやっつけていくとして、二ヵ月ぐらいでエッチできるかな。経験値積んでいくゲームみたいだね、頑張るよ」

この人、もしかしてすごい天然なのか？

新たな疑惑が芽生《めば》えた瞬間だった。


週末、映画館から表に出ると、午前中曇《くも》っていた空は気持ちのよい秋晴れの空に変わっていた。丸っこい白い玉が連《つら》なるまだら雲の下を歩き出しながら、雪野《ゆきの》が満足そうな笑みを見せる。

「すっごい面白かったね、映画でこんなに笑ったの久しぶりかも」

欠伸《あくび》や居眠りをしていた気配はない。

お手軽な邦画《ほうが》コメディは一見雪野のイメージからかけ離れていたけれど、顔に似合わず俗っぽいというか、自分と好みは大して変わらないらしい。

「当たりでしたね。時間がちょうどいいと思って選んだんだけど」

抱井《かかい》も正直、前の映画よりずっと楽しめた。

「えっと、たしか映画の後はカフェでランチだったよね？」

こちらを仰《あお》ぐ雪野は、まるでノルマでもこなすかのように言う。

普通がいい。

そう宣言したものの、『普通ってどんな？』と改めて訊かれると、やっぱりこんな有《あ》り触《ふ》れたデートしか思いつかなかった。自分の想像力……いや、恋愛力の乏《とぼ》しさを思い知らされる。

雪野と付き合い始めて、もうひと月近く。週末はこうして映画に行ったり公園でぼうっとしたり。膝枕《ひざまくら》はさすがに男同士では厳しいから、代わりに鳩《はと》と戯《たわむ》れたり。二人で食べ残しのハンバーガーのパンを鳩にやったら群《むら》がられて逃《に》げ惑《まど》った。

そんなこんなで、ぎこちないながらも『普通』と呼べそうなデートを繰り返している。

雪野は大人しく従《したが》っているが、体を狙《ねら》われてる感は否《いな》めない。時折じっと自分を見ていることがある。コーラを飲む喉元《のどもと》であったり、上着を脱いだときに半袖《はんそで》から覗く二の腕であったり。『ヘタに肌を露出《ろしゅつ》して刺激を与えないようにしないと』などと、乙女のように抱井は警戒させられ、やっぱりどこかズレた付き合いである。

一体この人、どんな育ち方をしたんだ。

当然の疑問が浮かび上がったものの、中学から男子校だったと聞き、判った気がした。抱井の高校に中等部はないが、隣市の私立中学に通っていたらしい。

なにしろこの容姿だ。いかほどの美少年であったかは想像に難《かた》くないし、同性愛に目覚めるのも早熟《そうじゅく》になるのも判らなくはない。

それにしたって緩《ゆる》すぎだろうと思うが。

「先輩、そういえば高校ってどうしてわざわざこっちにしたんですか？」

歩道を歩く雪野はこちらを見ないまま応《こた》えた。

「え、ああ……進学に有利な高校にしといたらって話が出てね」

「けど、桜森学園《さくらもり》の中等部って、あそこなら高校だけじゃなく大学まで……」

もしかして、経済的な事情だろうか。進学は国公立にという話なら納得いくけれど、それだと今度はしゃかりきに受験勉強をしている様子もないのが引っかかる。

横顔を窺《うかが》おうとすると、雑踏《ざっとう》の中に微《かす》かなメロディが聞こえた。携帯の着信らしく、斜めがけにしたショルダーバッグから取り出した雪野は、戸惑った顔でこちらを見る。

雪野には男から時折電話がかかってくる。

「いいですよ、出てください。俺はそこらで待ってますから」

人通りを避《さ》け、歩道の端のガードパイプのほうへ身を寄せた。雪野は目の前のビルの入口傍《そば》で電話を取る。いつも穏《おだ》やかでふわふわしたところのある雪野だが、表情がどことなく冴《さ》えない。

電話の相手となにか揉《も》めているのかもしれなかった。

読唇術《どくしんじゅつ》などもちろん心得《こころえ》ていないから、会話の内容は判らないまま。雪野は短い通話を終え、携帯を再びバッグに押し込みながら近づいてきた。

「ごめんね、行こうか」

「あ……うん」

歩き始めるとすぐに雪野の笑みは元どおりで、電話のことはうやむやになった。

すぐに目当てのカフェへも着いた。周辺はケヤキの並木道で、生《お》い茂《しげ》った樹木の下にテラスを構えるカフェは居心地《いごこち》がよさそうだ。けれど、考えることは皆同じらしく、人の列がテラス前に人垣を作るほど伸びていた。

「うわ、混んでますね。もうオープンしてからだいぶ経《た》つらしいから平気かと思ったんだけど」

「並ぶ？」

自分で選んでおいてなんだが、抱井は行列は苦手だ。

「べつに俺はこの店じゃなくてもいいんで、先輩もよければどっかほかに……」

「じゃあ、僕の家に来る？」

『家』という言葉に敏感《びんかん》に反応してびくりとなる。十センチほど物理的にも身を引かせてしまった抱井に、雪野は邪気《じゃき》のない天使の表情で言った。

「流行《はや》りの店みたいな味じゃないけど、君がいいならなにか作るよ」

「え、手料理？」

抱井は目を瞠《みは》らせ、雪野は小首を傾《かし》げる。

「嫌かな？　そういえば君の予定には入ってなかったけど……」

手料理。

そうか交際に欠かせないイベントはそれがあったか、と唸《うな》らせられつつも、抱井は家に着くまで半信半疑だった。

もしやまた自分を部屋に誘い込むための口実ではあるまいか。甘い匂いを嗅《か》がせる食虫花《しょくちゅうか》の腹の中にでも飛び込む気分で部屋を訪《たず》ねたものの、雪野は本当にキッチンに真《ま》っ直《す》ぐ向かった。

「昨日買い出しに行ったから、材料はあるはずなんだけど……」

言いながらばくっと開かれたこじんまりとした冷蔵庫には、野菜や調味料が詰め込まれていて、この部屋で初めてのいい意味での生活感がある。

「先輩、料理とかするんだ？」

「するよ？　もしかして疑ってた？　弁当ばっかり買ってたらお金かかるし、自炊のほうが安あがりだからね」

意外にまともな経済観念をしている。かと思いきや、雪野らしい天然というかズボラぶりで、シンクには鍋やら食器が山を成していた。

「あ……先に洗い物しないといけないんだった。ごめん、とにかくその辺座って待っててくれる？　そうだ、ご飯も炊《た》かないと」

これは小一時間じゃすまないかもな。軽く覚悟しつつ、隣の部屋に入る。『その辺』と曖昧《あいまい》さを残せるほどの寛《くつろ》ぎスペースは相変わらずない。

自然と定まったテーブル前の空き地《あち》に腰を下ろそうとすると、ふと壁際のラックの使われ方が不自然なのに気がついた。床に聳《そび》える荷物の塔の向こうの棚は、無駄な空間が目立つ。

「先輩、これってもうちょっと棚に入れられるんじゃないですか？　ここ空《あ》いてるし……ここも、こっちも」

「空いてる～？　ああ、後で入れようと思ううちに床に積んじゃって、そしたら下のほうの引き出しとか開けづらくなったり、棚にも手が届きづらくなって……」

『ついまた床に置いちゃうんだよね』の声は、洗い物を始めた水音で聞こえなかったけれど、言いたいことはよく判った。

典型的な片づけのできないタイプだ。

「あの、待ってる間暇なんで、この辺適当に片づけちゃってもいいですか？」

「え、いいよ～、そんな気を使わなくて。君はゆっくりテレビでも見て……」

「やらせてください！」

語気も自然と強くなる。気を使ってるんじゃない。やらずにはいられないのだ。

今まで特別自分を綺麗好きだと思ったことはなかった。けれど、抱井の母親はガーデニングにまで精を出す専業主婦だけあって、家事は完璧で、整理の行き届いた部屋を見慣れているから正直堪《た》えられない。

——視界に入るだけの触れない場所だろうが、放っておけるか。

『恋は自分の知らなかった一面を覗《のぞ》かせてくれる』、その二だった。

雪野はどうせ拘《こだわ》らないだろうから、自分の感覚で整理した。本は本棚へ、雑誌は隣のラックへ、衣類の一部はベッド下の衣類ケースへ。荷物に塞《ふさ》がれて開かずの間のようになっていたクローゼットを、雪野の許可を得て開けると、中は半分も埋《う》まっていなくて驚いた。

調理中の雪野も菜箸《さいばし》を手に覗きに来て、感嘆の声を上げる。

「出したら戻すのが面倒になって。たぶん足りないシャツや靴下はそこに残ってるんだろうと思ってたんだけど、ドア開かないから面倒で買い足してたんだよね」

典型的なものを増やしてしまうタイプだ。

経済観念も、やっぱりあるのかないのか判らない。おそらく雪野は自分の容姿と部屋の惨《さん》状《じょう》が不釣り合いであることにも気づいていないのだろう。

ガラスの曇《くも》った姿見《すがたみ》をクローゼットの中に見つけ、抱井は磨《みが》いてよく見えるように出しておかねばと思った。

キッチンに戻った雪野のほうを確認すると、今度はボールでなにかを捏《こ》ねている。なにができるのか聞いていないが、捏ねる手料理といえば、定番のハンバーグだろうか。もちろん好物だ。

「料理って実家で覚えたんですか～？」

声をかけると、俯《うつむ》いたまま雪野は応える。

「一人暮らし始めてからだよ。めんどくさがりだから、そうでもなきゃ自発的にやったりしないと思う」

「先輩のお母さんって、こっちには来ないんですか？」

「んー、半年に一度くらいは来るかなぁ。ああ、でも今年は一度しか来てないかも。弟がまだ小学生だから、家を空けにくいみたいでさ」

「小学生？　随分年離れてますね」

「僕とは半分しか血が繋《つな》がってないからね。母さんの再婚相手の子なんだ」

行き場を失くしていた季節家電の扇風機をクローゼットに押し込みながら、何気なく尋ねた抱井は、返事に動きを止める。

反応にまごついてしまい、雪野がくすりと笑った。

「今は離婚も再婚も珍しくないよ。離婚は小学校上がってすぐだったから、僕もよく覚えてないし。ただ、あんまり僕は今の義父《とう》さんとは上手《うま》くいってなくて……最初っから嫌われてるみたいでさ」

「嫌われ……って、どうして？」

「たぶん僕の性格が母さんに全然似てないからじゃないかな。別れた父親似だと思われてるっぽくて。僕は父さんにもそんなに似てないんじゃないかと思うんだけど……顔も違うし」

小さい頃に別れた父親を、写真かなにかで見たのだろう。

どんな思いで雪野はそれを見たのか。

抱井は慌ててフォローするように言う。

「けど、父親に似てるかもしれないぐらいで、そんなに毛嫌いするもんですか？　思い過ごしってことは……」

「今の高校を受験するなら一人暮らしの費用援助するって、僕に勧《すす》めてきたのも義父さんなんだ。僕は残りたかったんだけど」

一見、不自然な隣市の学校選びの理由。こんな形で知ることになるとは、抱井は思ってもみなかった。

進学を機に体《てい》よく追い出したのか。

遠ざけるために遠方へ。家から近いからという理由で高校を選ばせた自分の親とは大違いだ。

「嫌なら、受験先なんか理由つけて変えてしまえばよかったのに。一人暮らしは淋《さび》しくないんですか？」

つい勢いで口にしてしまい、返事にはっとなる。

「淋しいよ」

ボールの中で動かす手を止め、こちらを見ると雪野ははにかんで笑《え》んだ。

「でも、今は君がこうして来てくれてるでしょ。一人じゃないから、淋しくないよ」

「けど……」

そうは言っても、自分と付き合い始めたのはほんのひと月前だ。

それまではどうしていたのだろうと思うと、雪野のセックス好きの理由も、交際をあっさり受け入れた謎も、すべて解《と》けた気がした。

雪野は人恋しいのかもしれない。今も度々《たびたび》かかってくる電話の相手は、そういう隙間を埋めるための存在なのだろうか。雪野には普通の友人がいる感じがしない。耳に入ってくる電話の口調は、いつも年上を相手にしているように聞こえる。

今だって、自分とは『普通の交際』をする代わりに、余所《よそ》で満たされない欲求を解消している可能性は否《いな》めない。

逃げ腰の自分に文句を言う筋合《すじあ》いもないだろう。

けれど、雪野が知らないところで誘ったり誘われたり、セックスをしているかもしれないと思うと、不快感を覚える。それは、奔放さへの軽蔑心《けいべつしん》などとは違う気がした。

キッチンからは炊飯器《すいはんき》の蒸気《じょうき》の音がコポコポと鳴り始めていた。床もだいぶ見えてきて、部屋が広く感じられる。

不用品と思われるものは後で雪野に確認しようと隅に寄せた。空間も埋まり整然と背表紙の並んだ本棚を、抱井は仁王《におうだ》立ちで満足げに眺め、ふとある本のところで視線を止めた。

『画家たちのカンヴァス　近代日本絵画編』

図書室で抱井が入荷を乞《こ》い、雪野が借りたあの本だ。益本が余計《よけい》なお世話でラブレターを挟《はさ》んだ本でもある。

一瞬、貸し出しの本かと思ったが、あれはもうとっくに返却されている。

気に入って購入することにしたんだろうか。けれど、雪野は絵画の本ばかり見ているのは時間潰《つぶ》しで、それほどの興味はないと言っていた。

お気に入りの『入江海《いりえかい》』だけは別格ということなのか。

思わず本棚に手を伸ばして取ってみようとしたところ、キッチンから声が上がった。

「優《すぐる》、食事できたよ～」

「あ、はい！　テーブルも片づいてます」

白い楕円《だえん》のローテーブルで向き合って、遅い昼飯を取ることにする。『座ってて』と言われ、食事に関しては至れり尽くせりで待っていると、雪野が大皿に盛ってきたものはまだほわほわとした湯気《ゆげ》を上げていた。

具を包むもっちりとした白い皮。パリッとした焼き目が食欲をそそる料理は、みんな大好きハンバーグではなく、すっかり日本の庶民《しょみん》的料理となった中華メニューだ。

「焼き餃子《ギョーザ》」

「あ、確認しなかったけど、嫌いじゃないよね？」

「いや、餃子は好きですけど……」

餃子が嫌いな人なんて、あまり聞いたことがない。

ただしかし、何故時間がないときにわざわざ餃子。捏ねていた作業からして、当然手作りだろう。しかも、餃子パーティでも始めるとしか思えない量だ。

面喰らいつつも、酢醤油《すじょうゆ》をつけて口に運んだ抱井は自然と感想を漏《も》らした。

「うまっ！　美味《うま》いっすね、これ！　もしかして皮から作ったんですか？」

抱井の反応を窺《うかが》っていた男は、嬉しそうに顔を綻《ほころ》ばせた。

「皮は店で買ったやつだよ。ネットでレシピ見つけて覚えたんだけど、餃子っていつもタネを作りすぎちゃって、気がついたら山盛りになるんだよね。優が一緒に食べてくれて嬉しいな」

向けられた笑顔にドキリとなる。

図書室で眺めるだけだったときのような、純粋なトキメキだ。

意外に家庭的な一面を知ってしまった。胃袋を掴まれてトキメクなんて単純すぎる自分の脳にはびっくりだが、本来は女子のエプロン姿に胸躍《おど》る普通の男子高校生なのだからしょうがない。

『美味い、美味い』と感心しつつ食事を続けていると、途中で雪野が『あっ』と声を上げて箸《はし》を置いた。

何事かと思えば、テーブルの傍《かたわ》らに置いていたショルダーバッグを手に取る。ごそごそと探って取り出されたのは、なにやら手書きのすごろくのようなものだ。

手作り感いっぱいのそれは、マス目が連なって並んでいて、うねうねと上から下へ腸管《ちょうかん》のように蛇行《だこう》している。

「なんすか、それ？」

餃子を咀嚼《そしゃく》しながら問うと、とんでもない答えが返ってきた。

「優の言ってた予定をクリアしたらマス目を塗《ぬ》り潰《つぶ》していくんだ。こうすると判りやすくて、モチベーションも上がるでしょ？」

なんと、腸管ではなく交際のメモリー。チェックシートであり、行き着く先のゴールはセックスらしい。マス目の脇《わき》に書かれている小さな文字は自分の言った内容なのだろう。

「まずはデート十回だっけ？　こないだ中間テストの終わりの日にドーナツ屋に寄ったのもデートに数えていいよね？」

ピンクの色鉛筆を取り出し、ウキウキと塗り潰し始めた男の姿に、抱井はただただ呆気《あっけ》に取られるばかりだ。

「そこまでして……」

『エッチしたいんですか』の言葉はどうにか飲み込んだ。言ったところで、雪野は気を悪くもしなかっただろうけれど。

「だいぶ進んだね」

桃色に塗り潰しながら、嬉しそうに告げられ、胸の中が変にざわつく。心臓の飛び跳ねる感覚に、『そんなバカな』と抱井は内心うろたえた。

美貌《びぼう》でも料理でもなく、セックスがゴールのチェックシートなんて俗物を通り越して珍妙なものに色塗りをする姿を、うっかり可愛いと思ってしまった。

「嬉しいな、楽しみだなぁ」

そう呟く茶色い頭の旋毛《つむじ》を、抱井は雪野が顔を起こすまで凝視《ぎょうし》していた。

デートなんて最初はいいものだが、回を重ねるに連れて行き先を失い、考えあぐねるのが世の常だ。

けれど、翌週のデートはすんなり場所が決まった。

海だ。究極のフリースペースであり、高校生の財布にも優しい。なにより、思いついたのはあの本の存在だった。

風景画を中心とした『入江海』の絵には、海がモチーフのものも多い。青、蒼《あお》、碧《あお》。光射す明るい青から、暗がりを感じさせる深い蒼、そして宝石のような煌《きら》めきを放《はな》つ碧。様々な彩色で表現された海は、芸術なんて判らない抱井ですらはっとさせられるものがあった。

そして今、二人の目の前には海原が広がっている。電車を乗り継いでやってきた。特別遊べる場所があるわけではないし、すぐに退屈して帰りたくなるかなと思ったけれど、海岸を歩く雪野は思いのほか喜んでいる。

やっぱり絵の影響か。

「海って、デートでもなきゃわざわざ来ようとしないよね」

「海水浴もあるじゃないですか。友達同士でも行くでしょ」

「あ、そっか……じゃあ訂正、『秋の海』だったら来ない?」

雪野のどこかズレた真面目な返事に、抱井はふっと笑った。

普通の会話がなんだかくすぐったい。こうしていると、突拍子《とっぴょうし》もなく人を押し倒すようなタイプには全然見えない。

「先輩、あそこに座りましょうか!」

抱井は砂浜から歩道に上がる階段を見つけ、指を差した。引き潮で濡れた砂浜は硬く締まっていて、比較的歩きやすかったけれど、そろそろどこかに腰を落ち着けたい。

海岸沿いの広い歩道はウォーキングコースにもなっていて、走っている人の姿も見受けられる。点在《てんざい》するベンチはカップルの休憩場所として競争率も高く、空《あ》きがなかったので階段をベンチ代わりにした。

「はい、先輩」

抱井は見つけた自販機《じはんき》で購入してきた缶コーヒーを差し出す。受け取って並び座りながら、雪野が言った。

「えっと、その『先輩』ってのはいつになったら変わるのかな。千星《ちせ》でいいって言ってるのに」

もう何度か指摘を受けていたが、名前呼びで縮《ちぢ》まる距離に身構えてしまい、呼ばずにいた。

「じゃあ……千星さん?」

今は何故《なぜ》か不思議と自然に言える。

雪野は、くすっと笑った。

「さんづけって照れるね。ほらなんていうの、『姉さん女房』って感じ?」

「そんな風に言われたら呼びにくいじゃないですか」

「ごめんごめん、なんでもいいから名前で呼んでよ。名前呼びって親しい感じして好きなんだ」

こないだ複雑な家庭事情を聞かされたせいか、雪野がひどく淋しがりに思えた。清涼な空気感の容姿は、まるで人形のように人肌を感じさせないだけに、ギャップを覚える。

その内で考えていることが気になった。

雪野はまだ缶コーヒーのプルトップを起こさないまま抱《かか》えた膝《ひざ》を抱いていて、ちらと目線を送られると脈が速くなった。

それだけでなく、抱井はフラと顔を近づけていた。

——キスしたいな。

極当たり前にそう思った自分に驚く。

キスは十回目のデートで、なんて遅過ぎだ。だいたい世間一般的にはキスぐらい、二、三回のデートでもするだろう。シチュエーションさえしっくりくれば。

そして、今まさにその場面である。

ロマンチックな海辺で見つめ合い、胸を高鳴らせて、キスしないほうがどうかしている。ここでしなきゃヘタレの烙印《らくいん》を押されるとばかりに、抱井はさらに距離を近づけ、びくんとカッコ悪く肩を竦《すく》ませた。

キャーキャーと甲高《かんだか》い声が聞こえた。ウォーキングに人気の歩道は、家族連れの憩《いこ》いの場でもある。空気など読まない五歳くらいの男児が二人のいる階段のほうへ走ってきて、砂浜へと下りて行く。

「コロ、待ちなさい〜！」などと追いかけてくる両親の声も聞こえ、しっくりしていたはずのシチュエーションは一息で吹き飛ぶ。

――コロって犬の名前かよ。

流行《はや》りのキラキラネームか？　全然キラキラしてねぇけど。

などとツッコミを覚えていると、それより厳しいツッコミを目と鼻の先の距離で自分を見つめている男から受けた。

「ねぇ、優……まだ、デート八回目だけど、もしかしてキスしようと思った？」

「えっ……」

それは会社なら部長のズレたズラぐらいそっとしておいてほしいところだけれど、雪野はこちらの動揺を気にした様子もない。

「だったら嬉しいなと思って」

抱いた膝の上に頬を乗っけて喋《しゃべ》るという魅惑《みわく》のポーズでそんなことを言われると、余計にう

ろたえる。

「き、キスは通過地点でどうでもいいんじゃなかったんですか?」

「まさか。キスも好きだよ、気持ちいいし」

「気持ちいい……かな。唇くっつけ合うだけですよね。ああ、ディープなのもあるけど」

「気持ちよくなかったら、なんでするの?」

まさかすべての判断基準が『気持ちいいか否《いな》か』なのか。

けれど、その疑問は幼児の『空はどうして青いの?』と同じくらい素朴《そぼく》ながら頷ける。

試してみる?

そう言葉にして問う勇気はなかったけれど、もう一度顔を近づけてみようとした。膝に頬を当てたまま、待ち侘《わ》びるかのようにこちらをじっと見つめている男の元へ。

「お母さん、これ〜!」

さっきと同じ距離まで近づいたところで、犬じゃないコロが砂浜でなにかを拾ったらしく、はしゃぎながら戻ってきた。

結局、海岸でのキスは未遂に終わった。

週末の海辺なんて、人が多くて度胸試《どきょうだめ》しぐらいの気持ちじゃないととてもキスなどできないものであると学習しただけだ。

夕方、再び電車に揺られて帰る抱井は満たされないものを感じていた。たぶん雪野も同じだろう。家に遊びに行ってしまえば唇と唇をぶつけ合うことぐらい可能だが、雪野は今日は夜からバイトがあるらしい。

「先輩のバイト先って、アリスとかいう飲食店でしたよね？　それってどこに……」

一時間以上かけ、ようやく雪野の家の最寄《もよ》り駅に辿り着いた。とりあえずアパートまで送ろうと一緒に歩きながら、詳しくは聞いていなかったバイト先について問おうとすると、傍《かたわ》らから声が上がった。

「千星！」

道路沿いの小さな公園のほうだ。

日曜だがスーツ姿で、ブリーフケースも手に提《さ》げた一目で会社員と判る男だった。ベンチから立ち上がった男は親しげに声をかけてきたが、足を止めた雪野はやや硬い声を発した。

「尾坂《おさか》さん……」

「休日出勤だったんだけど、早めに仕事終わってさ。ちょっと来てみた。会うの久しぶりだなあ、おまえ髪伸びたか？」

あまり背の高くない男は柔和《にゅうわ》な顔をしており、声も柔らかだ。小走りに駆け寄ってくるなり雪野の肩を叩いたり、髪に触ってみたりと馴《な》れ馴れしく、なによりすぐ隣に立っている抱井の存在はまるで見えていないかのように無視していた。

「なんだよ～、電話しても会えないっていうから来てみれば、遊びに行ってたのか。暇はあるんじゃないか」

「暇がないとは言ってないですよ？」

「はぁ？」

「尾坂さんにはもう会いたくないから、会えないって言っただけです」

話の様子から公園でずっと待っていたらしい男に、雪野は驚くほど素っ気《そっけ》なく言い放った。

当然、聞き捨てならないに違いない男は、そのまま歩き出して行こうとする薄い肩を引っ摑む。

「おい、ちょっと待て千星、どういうつもりだよ。急に連絡も取《と》り辛《づら》くなったと思ったら……」

「あの……元々僕と尾坂さんは付き合ってるわけじゃなかったと思いますけど。僕との関係は遊びだって言いましたよね？　彼女もいるって」

「それなら三ヵ月前に別れたって言ったろ。なんだよ、出向《しゅっこう》が終わってこっち戻って来たから、また遊んでやろうと思ってたのに」

雪野の反応も冷ややかだが、男の口ぶりも相当に酷《ひど》い。けれど、雪野の表情に怒りや悲しみは感じ取れなかった。

むしろ、雪野も冷たくしているつもりはないのかもしれない。事実を淡々《たんたん》と語っているだけのようでもある。

抱井は呆然《ぼうぜん》と傍らで成り行きを見守っていた。恋愛絡《がら》みであるなら口出しするものではないと弁《わきま》えたのもあるし、単純に気後《きおく》れしたのもあった。

男の年齢は二十代後半くらいか。まだ若いとはいえ、高校生の抱井から見れば充分な大人だ。スーツ姿にはそれだけで威圧感を感じ、容易《たやす》く口を出せない。まだ免疫《めんえき》がないのだ。社会人にも、恋愛での揉《も》め事《ごと》にも。

とはいえ、男がロクデモナイ奴なのは判った。大人だろうと無条件に立派なものではないことは、抱井も随分前から知っている。

じっと見ていると目が合う。

抱井は目を逸《そ》らさなかった。男はバツの悪そうな表情を一瞬見せたが、それ以上に火に油を注《そそ》いだらしい。

「千星、今度はガキと付き合うことにしたのか。相変わらずチヤホヤしてくれる男がいないと、淋しくてやってられねぇんだなぁ、おまえ」

引くに引けなくなった男は、優しげに話しかけてきたのが嘘のように下種《げす》な言葉の数々で雪野を詰《なじ》り始める。

「そういえば、俺にも最初は五百円でヤらせてくれたっけ。今はいくらなんだ、少しくらい値上がりしてんのか？　こんなガキ相手じゃそうそうふんだくれないだろ？」

振りほどこうとする雪野の腕を、男はがっしりと摑んだままだった。

「尾坂さんっ、手を放し……」

雪野が苦痛の声を上げ、抱井はその手を捻《ひね》り上《あ》げた。

「放してください！」

「いてっ……くそっ、なにすんだこのクソガキがっ！」

咄嗟《とっさ》に行動していた。

手だけでなく、口も動いた。

「先輩に失礼なこと言わないでもらえますか」

「失礼？　本当のことを言ってなにが悪い？　おまえもどうせこいつの見てくれに惑わされたんだろ？　ちょろいよなぁ、男子校なんか年中女日照りだもんなぁ」

完全な鬱憤《うっぷん》晴《ば》らしで、露悪的《ろあくてき》なまでに言う男の指摘はあながち遠く外れてもいなかったけれど、それゆえにむかっ腹が立った。気後れしていたことなど忘れ、抱井は毅然《きぜん》とした声で言い放つ。

「言いたいことがすんだなら帰ってください。先輩はあんたと会うつもりはなかったって言ってんですから、もう終わりでしょ」

「ふん、そんなこと言って、おまえも昔の男が気になってるくせに。なぁ坊やは、この淫売《いんばい》にいくらでさせてもらってんだ？」

グレーのスーツの腕を握り締めたままの手に、抱井は無言で力を籠《こ》めた。低く呻《うめ》いた男は舌打ちして身を引かせる。

『覚えてろよ』とばかりに去り際に睨《にら》み据《す》えられた雪野は、その場に呆然とした様子で立っていた。

「……五百円じゃなくて、牛丼《ぎゅうどん》一杯だったんだけどな。卵付きで四百八十円だったけど」

そんなズレた呟《つぶや》きを耳に、一向《いっこう》に収まらない腹の中をカッカと燃え立たせているのは抱井だ。

「あんたバカか、あんな奴に五百円でやらせんな！　五百万でもやらせんなよ！」

「しないよ。僕は援交《えんこう》はしたことないから」

たしかに、いくら雪野でも五百円で援助交際はしないだろう。

雪野があの男と牛丼一杯でセックスしたのなら、それはあの男のことを好きだったか、もしくはそれほど人恋しかったからだ。

どの理由に変えても、気持ちは収まらなかった。むしろ金目当てであったほうがいいとさえ思ってしまう。

持て余す気持ちをどうにかしようと、抱井は歩き始めた。ぐんぐんと。歩みを速めれば向かい風は強くなるから、この体の中の淀《よど》んだ気持ちは押し流されてくれるんじゃないかと思った。

アスファルトの路地を小走りについてくる足音がする。

「優、昔のことだよ？　尾坂さんとは高校入ってすぐの頃、バイト先で出会って、最初は楽しい人だなって思ってたんだけど……彼女いるって聞いてからは、彼女に悪いなと思ってあんまり会わなくなったし、仕事の都合で余所《よそ》に行ってしまったし……」

追いかけながら言い訳のように雪野は並べ立てるが、なかなか振り返れなかった。にっこり笑って、『そう』なんて応える器《うつわ》のでかいところは見せられそうもない。

どうしてこんなに腹立たしいのだろう。

雪野が見た目と違うことぐらいとっくに知っている。どんな生活を送ってきたかなんて、今更説明されるまでもない。

なのになんで、自分は今になって——

「優、もしかして妬《や》いてくれてる?」

不意に放たれた雪野の言葉に、背中から心臓を一突きにされた感じがした。

「なっ、なに言って……」

むっとした顔のまま反射的に振り返る。

雪野の姿は見えなかった。背後を確認したときにはもう、そのほっそりとした腕は自分の首筋に回されていて、目にはぶつかるように抱きついてきた男の肩越しの街の景色が見えた。

駅へと続く道。住宅街の道は広い道路ではないから車は少ないけれど、ぽつぽつと人通りはある。散歩中の犬もいた。名前はコロだかポチだか判らない。リードを突っ張らせてご主人を引き連れ、こちらへ向かってきていた。

なのに、抱井は唇に押しつけられる柔らかな感触を拒めなかった。

雪野からのキス。

「ちょっ、ちょっと……」

「ごめん、嬉しかったから」

困ったように笑んだその顔を、押《お》し退《の》けることなど到底《とうてい》できない。二度目は抱井のほうから触れ合わせた。

人に見られている。通りすがりの犬には足の匂いまで嗅《か》がれている。ご主人が困った声で犬の名前を呼んでいた。でも、それでも離すことができずに、しばらく息を殺して唇を重ねた。

「……千星さん」

初めてまともに名を呼んだ。

雪野は照れ臭げに微笑む。

「ねぇ、キスが気持ちよくないなんてやっぱり嘘だと思う。口くっつけるだけでも気持ちいいよ？　ドキドキするよ？」

「ん……そうかも」

抱井は雪野の言葉に頷いた。

心臓が強く収縮《しゅうしゅく》して、体に血液を巡《めぐ》らせる。熱を上げる。体温が上昇するその感覚は、強い快感に結びつかなくともやっぱり心地いいと呼べるものだ。

なにより、幸福感を覚える。

「僕からしちゃったらキスの内には入らないかな？」

身を放した後、雪野ははっとなったようにそう言った。少し残念そうだ。

抱井は無言で手のひらを差し出した。意味が判らない様子で首を捻《ひね》った雪野は、やがて理解したようで、バッグの中からパスケースに小さく畳《たた》んで収めたあのシートと色鉛筆を出した。

ピンク色の色鉛筆を手にとり、抱井はぶっきらぼうな仕草になりつつもマス目をいくつか塗《ぬ》り潰《つぶ》した。


夏には青々と生《お》い茂《しげ》っていた中庭の木々は、目に見えて判《わか》るほど色づき始めた。

「もう十一月も半《なか》ばだもんなぁ」

校舎の三階の窓枠《まどわく》に両肘《りょうひじ》をかけてもたれた抱井《かかい》は、誰にともなく呟《つぶや》き、溜め息をつく。

深まる秋にアンニュイな気分に浸《ひた》っているわけではない。体は大きく同級生の中では大人びた顔をしていても、思春期の十七歳の考えることと言ったら好きな人についてだ。

雪野《ゆきの》とキスをした。

突飛《とっぴ》でメチャクチャだった始まりからすれば、関係は順調すぎるくらいだ。なのに四日前の週末のデートからずっと、もやもやしたものが胸に巣食《すく》ったみたいに掃《は》けきれないでいる。

雪野にとって自分はどういう存在なのだろう。

セックスをしたい相手。それはよく判っている。このまま一つずつ、たまには二つ飛びくらいでマス目を埋《う》めて行けば、きっと近いうちにそうなるのだろう。

けど、その先は？

自覚があるのかないのか判らないけれど、淋《さみ》しがりの雪野は、自分が告白したから受け入れたに過ぎない。告白されれば誰でもよかったのか。あのいけすかないクソリーマンみたいな男でも、都合のいいときだけ甘い顔して手のひら返すような男でも、淋しさを埋めてくれるのなら誰でもよくて、いつもそうして付き合ってきたのなら――

自分にその程度の価値しかないとは思いたくない。でも、現にほかに好かれそうな理由もなく、益本《ますもと》のラブレターだってとても名文なんかではなかった。サムイという点では、かなりの高レベルではあったけれども。

「……はぁ」

再び溜め息をついた。

今は昼休みだ。一人で物思いに耽《ふけ》りたい気分の抱井は、騒がしい教室もよく昼寝に使っている場所も避けていた。益本に見つかってちょっかい出される気分じゃない。

今いるのは校舎の西側の端の窓で、あまり使われない第二理科実験室の前だ。三階は二年の階だが、こちら側は極端に人気《ひとけ》が少なく、落ちつける場所となっていた。

そろそろ溜め息も底をつき、唸《うな》り声《ごえ》の一つも上げそうになったときだ。

「……そうなんだ、初めて聞いたよ」

件《くだん》の想い人の声がどこからともなく聞こえた。

――幻聴《げんちょう》か？

そう思いつつ周囲を見渡せば、木陰《こかげ》の下の中庭を過《よ》ぎる人影に気づいた。

「……千星《ちせ》さん？」

一緒に歩いているのは友人だろうか。

「雪野、おまえ情報とか鈍《にぶ》そうだもんな。たしかバイトやってるって言ってたから、教えてやろうと思って」

「はは、助かるよ。でも、今までバイトの校則は厳しくなかったはずなのに、お酒を出す店はダメなんて……」

「バレたらおまえ、まずいんじゃないのか？　夜の店だろ～？」

二人の声はよく通る。けれど頭上からでは、雪野も会話の相手も顔までは見えない。

どんな奴なんだ、本当にただの友達なのか、と身を乗り出さんばかりに意識する抱井だったが、話の内容から察するに怪しい関係ではなさそうだ。

バイトについての校則の改正は、抱井も知っている。バイトに限らず、風紀の取り締まり全体が厳しくなるとあって、生徒の不満が随分前から炸裂《さくれつ》していた。

――まさか、あの人知らなかったんだ。

雪野の鈍さにも呆《あき》れるが、それよりバイト先がアルコールを扱うと知って驚いた。

『夜の店』なんて耳にして気にならないはずがない。

会話の続きをどうにか聞こうと、抱井は二人の歩みに合わせて廊下を歩いた。

西から東へ。並んだ各クラスの前まで辿《たど》り着《つ》くと当然廊下も人気《ひとけ》が増え、妙な行動を取る抱井は注目されつつも、窓の外を何度も覗き込み耳を傾ける。

「……でもさ、時給が特別いいってわけでもないんだろ？　やめちゃえば、そんな店」

切れ切れに会話は聞こえた。

男のアドバイスに、雪野は少し間を置いてから応《こた》えた。

「やめられないよ、好きな人が来るから……」

すきなひと。

はっきりと雪野はそう言った。

一瞬、その場で硬直しかけた。続きを聞こうと、慌てて開け放たれた窓に身を乗り出したが、歩き続ける二人の姿はもう校舎の角を曲がって見えなくなっていた。

すきなひと。

ついに、抱井の足は止まった。そこが自分の教室の前とも気づかず立ち尽くしていると、がらっと引き戸を開けて出てきた男がぎょっとしたようにこちらを見た。

「か、抱井、おまえどこ行ってたんだ？　探してたんだぞ〜？」

益本は責める調子で言う。けれど、抱井ができの悪い銅像みたいな冴《さ》えない顔と肩を落としたポーズで、いつまでも固まっていると訝《いぶか》しんできた。

「どうした、おまえ顔色が変だぞ？」

抱井は強張《こわば》る顔をギクシャクと動かして応えた。

「益本、ちょうどよかった。ちょっと帰り付き合え」


雪野のバイトのシフトはすぐに判る。

もちろん訊《き》いても教えてくれるだろうが、図書室で時間潰《つぶ》しをするからだ。

けれど、バイトの日の帰りは閉室の六時より前で、図書委員の仕事をまっとうしていたのではを後をつけることは不可能になる。抱井は部活に出ている他クラスの図書委員に、閉室前の三十分だけでも代わってくれるように頼んだ。日頃、役目を押しつけてばかりなのだから、理由がどんなに私情だろうと文句を言われる筋合《すじあ》いはない。

代打《だいだ》の岡辺《おかべ》がやって来たのは、ちょうど雪野が帰ろうとしているときだった。

「じゃあ優《すぐる》、行ってくるよ。また明日」

カウンターの前で軽く手を振り、いつものようににこやかに雪野は帰って行く。抱井は『じゃあ、また明日』と笑顔で見送りつつも、カウンターの下に置いている鞄《かばん》を引《ひ》っ摑《つか》んだ。

「抱井、知り合いなのか？　あの人、三年だろ？」

詳しい事情を知らない岡辺は不思議そうに言う。

「ああ、まぁ……図書室の放課後の常連だからな」

「そうなのか？　俺が入ってる水曜には見たことないけど」

「え、けどバイトの時間潰しに来てるって……」

雪野は水曜にバイトに入ることもあるのだから、ほかの曜日と同じく頻繁《ひんぱん》に来ているのだろうと思っていた。

「絶対、来てたら判る。あの人三年で目立つからさぁ、顔覚えてんだよな。キレイな顔してるよなぁ～、色白くて睫毛《まつげ》ばっさばさ、アイドルみてぇ」

まさか、おまえもか。

雪野に惑《まど》わされ、男子校で自分と同じく道を踏み外したのではないかと、疑いの眼差しを向ける。突っ込んで確認したいが、それどころではないのを思い出し、抱井は後は任せて急いで図書室を出た。

「抱井、遅い！　あの人、もう駅のほう行ったぞ～」

昇降口で待ち構えていた益本と合流する。

一緒に雪野の後をつけ、バイト先を特定する算段だった。

「すまん、急いで追おう！」

部活を抜けて来たらしい益本は、面倒臭《めんどうくさ》がるでもなく、むしろ積極的に小走りになって雪野を抱井と追う。こんな面白そうなネタは逃《のが》せないといったところか。

益本に声をかけたのは、自分よりもずっと店を知っていそうだと思ったからだ。好奇心旺盛《おうせい》な益本は、大学生や社会人の振りしてちゃっかり夜遊びをしていることもある。

雪野の働く店はどういうところなのか。学校に目をつけられてはやばいアルコールを出す店と聞き、すぐに思い浮かんだのは水商売だった。

今や子供まで憧《あこが》れる、華やかなキャバクラ。手っ取り早く稼《かせ》げる風俗。思い当たったのは女の子の仕事ばかりで、一応男である雪野にどこまで類似《るいじ》のバイトがあるのか知らないが不安は募《つの》る。こんなときばかりさかんな想像力は、雪野が透けたランジェリーやナース服でオヤジをもてなす姿まで飛び出させる始末だ。

けれど、こっそりと後を追い続け、繁華街《はんかがい》の駅で電車を下りてみれば、雪野が裏口から入って行ったのは抱井の心配とは違《たが》えた店だった。

「なんだ、普通のレストランバーじゃないか」

益本も拍子抜《ひょうしぬ》けした声で言う。ファミレスやファストフードほどの明るい健全色はないが、雑居《ざっきょ》ビルの一階に入った店は黒板書きのメニューを表に出した普通のイタリアンレストランだ。

ほっとしたものの、抱井の心配はバイトの内容だけではない。好きな男――客を確認しようにも、店の小窓からでは店内は雰囲気をぼんやりと感じ取れる程度だ。とても会話や雪野の様子までは窺《うかが》えそうにない。

「入ってみるか」

そう口にした抱井に、普段は思いつきのままに行動する益本のほうが驚きの声を発した。

「バレるに決まってるだろ！」

「いや、あの人結構な天然だから気づかないかも。この店広いし、接客がほかのバイトに当たりさえすれば……」

「おいおい、制服だぞ」

「じゃあ帰って着替えてくるか。俺の家のほうが近いから服は貸してやる。雪野先輩にはもしバレても偶然店に来たって言えばいい」

「おまえ、いつからそんな怖いもの知らずに。人も変われば変わるもんだ……まるで女房の浮気が発覚した亭主みたいだな」

益本が終《しま》いのほうはぼそっと毒づいたのにも気づかず、抱井は着替えるために今来た道を駅まで引き返し始めた。

再び二人が店の前に戻って来たのは、小一時間ほど過ぎてからだ。

まだぼんやり明るかった空もすっかり夜の闇に覆《おお》われ、繁華街が輝きを増す時刻。雪野の働く店も客が増えて賑《にぎ》わいを見せていた。

二十歳を過ぎた大学生を装《よそお》ったつもりの、なるべく目立たぬ服装の二人が店に入ると、出迎えたのは運よく女性の店員だった。中央の広々とした席に案内されそうになるのを拒《こば》み、観葉植物の陰の引っ込んだテーブル席を求める。注文はソフトドリンクと手っ取り早そうなフライ系のフードにした。店員との接触は極力控《ひか》えたい。

雪野はフロア係として通路を行ったり来たりしている。

真っ白なシャツに黒いエプロンのウェイター服がよく似合っていた。

バイトは長いと聞いていただけあって、緊張した様子もなく、卒《そつ》のない接客風景だ。それどころか、幾人《いくにん》かの客とは顔見知りのようだった。

飴色《あめいろ》のテーブルやカウンター。淀《よど》んでいるのとは違う、どこかゆっくりと時が刻《きざ》まれているかのようなとろりとした空気。長く営業している店だけが醸《かも》し出《だ》す居心地のよさからしても、老舗《しにせ》で常連客の多いレストランバーらしい。

カウンターに座る常連たちに気さくに話しかけられ、雪野はニコニコと談笑している。若くて美しい雪野は、この店では女性店員に勝るとも劣《おと》らない花だ。

若い男、サラリーマン風の男、中年親父。『女房の浮気が発覚した亭主』みたいな抱井の目には、店内の親しげな客は誰も彼もが怪しく映《うつ》った。

雪野の好きな男とやらが、この中にいるのか。

それとも、今夜は来ていないのか。

店は結構な広さなので、隅々の客の顔を確認できるわけではない。とりあえずシングル客の男に絞《しぼ》って目を光らせる。そんな血走った眼の恋人が同じ店内に紛《まぎ》れ込《こ》んでいるとも知らず、男性客に戯《たわむ》れにエプロンの細腰に触れられた雪野は、腰を揺すってかわしつつも、怒るでもなく笑っていた。

普通のレストランバーのはずが怪しげだ。

「ありゃ天性の小悪魔タイプだな。おまえ本当に騙《だま》されてんじゃねぇの〜？」

鶏《とり》のフリットにフォークを刺しながら、益本が神経を逆撫《さかな》でることを言う。

「きゃ、客商売だから我慢してるだけであれくらいべつに……」

言葉に詰まりつつも、どうにかフォローしようとしていると、また入口の扉が開いて新しい客が入って来た。

背の高い中年の男だ。店員は揃って接客中で、勝手知ったる店らしい男は、出迎えを待たずに真《ま》っ直《す》ぐにカウンター席へと向かった。やや窮屈《きゅうくつ》そうな壁際を指定席のように選んで座り、やがて手の空《あ》いた雪野が一目散《いちもくさん》に近づいて行く。

「………さん！」

また常連客なのだろう。

なんと呼んだのか、店内がざわついていて聞こえなかったが、語尾だけは抱井の耳まで届いた。トーンの上がった雪野の声が、裏返るほどに弾《はず》んで響いたからだ。

頷いて応えたのか、男の声はまるで聞こえなかった。その横顔は無精髭《ぶしょうひげ》を生《は》やしているせいで老《ふ》けた印象だが、よく見るとそこまでのオヤジではない。三十代後半か、いっても四十代前半だろう。

ジーンズに、遠目でもくたびれていそうなのが判るカーキのニット。平日にもかかわらず、スーツでもなく完全な普段着姿の男は、いい年しているがゆえに目立つ。

抱井は食い入るように男を見た。

何故《なぜ》か懐《なつ》かしい。どこかで見た覚えのある顔だと気づいた瞬間、答えは口を突いて出た。

「……入江海《いりえかい》」

丸テーブルの向こうの益本が、怪訝《けげん》そうに問う。

「なんだ、おまえ知り合いか？」

「知り合いじゃないけど、知ってる」

「なんだ、それ。ますます判らん」

益本が理解できずとも、抱井にはよく判った。

本で何度も見た顔だ。大判の絵画集にも小さな写真が略歴《りゃくれき》に添えられていたが、雪野が借りたあのインタビューの掲載《けいさい》された本には、グラビア風のもっと判りやすい写真が何点か載っていた。今より髭《ひげ》や後ろ髪がすっきりしていたけれど、まず間違いない。

「あの人の好きな画家だよ」

それだけじゃない。

この瞬間はっきりした。

店に来る雪野の好きな男とは、あの男のことだ。

こんなに身近に画家が通う店があるなんて驚きだ。近所に住んでいるのか。気に入りの画家なら雪野が『好きな人』と口にしたのも自然に感じられたものの、ただのファン心理ではない気がしてならない。

一般的なファンであるなら、何故雪野は自分には美術本の鑑賞は暇潰《ひまつぶ》しであるようなことを言ったのか。それに、あの本。図書室で借りた後か先か知らないけれど、自分で本を買うほどに好きなら、特別な興味がない振りをしたのはなおさらおかしい。

抱井はカウンターの様子をじっと見守り続ける。

開いたメニューに視線を落とした入江の横顔はシャープなラインで、思いのほか整った顔立ちをしていた。雪野はその横顔をじっと見つめ、男が注文を告げるまで離れようとはしなかった。

そして決まると、急いで厨房《ちゅうぼう》へオーダーを回す。店は変わらず忙しく、またほかのテーブルの世話へと回り、注文を取ったり空《あ》いた皿を下げたり。けれど、入江の注文の品が上がれば、雪野は数人いる店員の誰よりも早くそれを受け取り、カウンターへと運んだ。

雪野だけが入江の相手をした。

だからと言って、ほかの馴れ馴れしい常連客のように和気藹々《わきあいあい》と話すわけではない。入江は気難しくは見えないが、口下手《くちべた》な男なのだろう。積極的に声をかける様子はない。雪野もまるで一歩引いたように男には接していて、傍《かたわ》らに立って給仕するときの姿勢や距離感すら違って見えた。

緊張している。

それは、ヘタな親しさよりも、雪野にとっては特別なことに感じられる。まるで純情そのもの。眺めるだけだった頃の抱井が、勝手に想像し、理想としていた雪野だ。

あの、海のあぶくのように儚《はかな》くも消え去った『雪野千星』の姿――

「好きな画家ねぇ」

黙って抱井と一緒に成り行きを見守っていた益本が、氷だけになったグラスを名残惜《なごりお》しそうに傾け、唇を潤《うるお》しながら言った。

「なぁ抱井、俺の意見を一つ言っていいか?」

「……なんだ?」

「あの画家っておっさん、おまえに似てる。十代くらい遡《さかのぼ》ったら親戚なんじゃないかってくらい」

聞きたくもない一言だった。

抱井も気にならなかったわけではない。身長、顔立ち、年齢は差し引いても男とは共通点を感じる。

飲まないまま放置した抱井のテーブルのグレープタイザーが、微かな炭酸の音を弾《はじ》かせていた。グラスに浮いた水滴は、幾重《いくえ》にも道筋を作って零《こぼ》れて、テーブルを濡らし続けている。

カウンターでは、一人静かに飲んでいた入江が夕食を終えようとしているところだった。

帰り際、男は雪野になにかを手渡した。

ぺらぺらの長方形の紙切れだ。チケットかなにかのようだ。雪野は驚いたのか一瞬動きを止め、それから初めて男の前で笑みを見せた。

はにかんで微笑み、チケットらしきものの端を両手で持ったまま、なんども頭を下げていた。


「優、グリーンピース嫌いだっけ？　ピーマンないから、代わりに入れていい？」

キッチンのほうからかけられた雪野の声に、抱井は曖昧《あいまい》に頷いて返した。

日曜日。遊びに行った帰りに部屋に寄ると、小腹の減った抱井のためになにか作ると雪野は言い出した。

「じゃあ思い切って入れちゃうね〜」

相変わらずちょっとマイペースで抜けたところのある男は、なにを作ろうとしているのか触れないまま食材についての確認を終えるも、抱井のほうも話半分で頷いたのでお互い様だ。

ローテーブルの前に腰を下ろした抱井の視線も意識も、本棚に釘《くぎ》づけになっていた。

部屋はまた散らかり気味だ。人の習慣とはそうそう変えられないもので、本棚もそれは例外ではなかったけれど、一ヵ所だけ綺麗に整えられている場所があった。

あの本が置かれている中段だ。ブックエンドで区切られて空《あ》いた空間に、小さめの透明クリアファイルが立てかけられていた。

まるで写真立てのように置かれたファイルの中には、美術展のチケットが収まっている。

入江海の個展のチケットだ。

あの晩、店で雪野が受け取っていたのはこれだったのだろう。

見るからに大切そうにしまわれたチケット。抱井の胸は嫌な感じに騒ぐ。入江を店で見かけてから、ずっと引っかかり続けていた。

あんな顔を雪野にさせる男が、ただの客であるはずがない。

自分は実は憧《あこが》れの男の身代わりではないのか。

そんな疑いを少しでも抱《いだ》いた瞬間から、デートは楽しめなくなり、今日は再び出かけた海辺でも、口が重くなってあまり喋《しゃべ》らないままだった。

曇天《どんてん》の空の下。光の満足に射《さ》さない海は先週とは打って変わった重い灰色で、少し冷たささえ覚える海風に、「寒くなっちゃいましたね」なんて言い訳のように繰り返していた。

「優、お待たせ。できたよ～」

声にはっとなって顔を向ける。雪野が作り終えて皿に盛って来たのは、ナポリタンスパゲッティだ。

提案どおり、ピーマンの代わりにグリーンピースが彩《いろど》りを添えている。

「ありがとうございます。美味《うま》そうだな」

掃除と料理の腕は比例しない。ケチャップの香りの立ち上るナポリタンは本当に美味《おい》しそうだというのに、言葉はどうしても上滑《うわすべ》る感じがした。

「でもやっぱりグリーンピースはいまいちだったかな」

食べ始めると、テーブルの向かいで雪野は首を捻《ひね》った。

パクリ。スパゲッティをフォークに巻いて抱井も口に運んだが、確かにグリーンピースのゴロゴロした食感はナポリタンとしてはやや残念な感じがする。

彩りにはなっても、グリーンピースはピーマンにはなれない。

まるであの画家に対する自分のようではないか。

などと、卑屈《ひくつ》な思考が頭を過《よ》ぎる。部屋だって、自分がいくら片づけを手伝ってもその場かぎりだが、憧れの男のためであれば一部とはいえ雪野も自然とものを整理することができるのだ。

本棚の目立つ空間に自然と視線が向かう。

雪野がフォークを動かす手を止め、そんな自分をじっと見ているのに気がつき、抱井はバツも悪く尋ねた。

「あれ、どうしたんですか？」

指差したものに、雪野は戸惑ったように答える。

「ああ、あれ……バイト先でね、お客さんに招待券もらったんだ」

「……ふうん」

「常連のお客さんなんだけど、『いつも世話になってるから』って。度々《たびたび》来てもらって助かってるのは店のほうなのにね。わりと老舗《しにせ》の店だから、常連さんが多いんだよ。お酒入るとふざけ過ぎる人もいるんだけどさ」

詳しく尋ねてもいないのに、やけに饒舌《じょうぜつ》に語る。そのくせ、肝心《かんじん》の男の名前だけがその口からは出てこようとはしなかった。意識し過ぎて告げることができないとでもいうみたいに、雪野は伏せる。

抱井は鈍い相槌《あいづち》を打つばかりだ。あまり話さないものだから、食事の間はずっと雪野が一方的に喋っている感じがした。

「石釜《いしがま》焼きのピザが美味しい店なんだ。今度よかったら君も……優？」

空《から》になった皿を手に立ち上がった抱井に、不思議そうな反応が返ってくる。いつもは皿が空いてもだらだらしているくせに、積極的に片づけようなんて、不自然もいいところだ。

「ごちそうさまでした。今日は俺、そろそろ帰ります」

「え、まだそんな時間じゃないよ？」

「最近、帰り遅くなることが多いもんだから、親が『遊んでばっかり』とか言ってうるさくって……はは、俺もバイトでもやろっかな。夏休みの短期バイト以来、ずっとなんにもやってないし」

なんだか当てつけくさい。

嫌だなと思いつつも、この部屋にいると、本棚の紙切れ一つにもっと酷《ひど》いことを言ってしまいそうな自分がいた。

「ジンベエザメ、どうした〜？　背中に哀愁漂《あいしゅうただよ》ってんぞ〜」

翌日の昼休み、抱井《かかい》は第二理科実験室の前にいた。

人気《ひとけ》のない場所で存分にたそがれるつもりが、どういうわけか益本《ますもと》に見つかって声をかけられ、窓枠《まどわく》にもたれていた抱井は露骨《ろこつ》に嫌な顔をして振り返る。

「……誰がジンベエザメだ」

「見かけ倒しでプランクトンばっか食べてるような男だからだろ」

「ジンベエザメは小魚も食う。それに、俺は草食じゃねぇし。しょっぱなから手を出そうなんて思わなかっただけで……」

むやみにがっつかないだけだ。サカリのついた十七歳だろうが、モラルを持ち合わせているというだけで、草っぱしか食べない枯《か》れた男みたいに言われるのは心外だ。

しかし、納得いかないのは益本も同じらしく、すぐさま否定する。

「そうかぁ？　おまえは最初んときと変わってない感じするけどなぁ。付き合い始めても結局手も出さないで、こそこそと浮気のチェックをしたりしてるだけだろうが」

「……だから、俺だってタイミングが合えばヤるっつってんだろ」

キスだってした。後、何回かデートしたら雪野《ゆきの》が作っているあのシートのマス目だって埋《う》まるし、そうすればセックスだってすることになるはずだった。

「タイミングねぇ。そういうの、計ってするもんじゃないんじゃないの？　好きだったら、自然と欲しくなるもんじゃん？　キスしたい、もっとくっつきたい、一発やりてぇ〜だからお願いヤらせて？　ってな。お日柄だの頃合いだの、お上品に考えてられるかよ」

途中から身も蓋《ふた》もない下品な言い草だったが、まったくの的外《まとはず》れとも言えない。

調子が狂う。益本は結構真面目な顔をしていて、いつものように笑いもからかいもしないせいだ。

「おまえは面白いネタに飢《う》えてるだけだろうが。男同士の恋愛が気になるなら、自分でやれよ。弓道部に可愛い一年の一人や二人いるだろ」

「残念ながら、今いる一年は俺よりデカい奴ばっかりだ。近頃のガキは発育がよくてなぁ」

まるで世代の違うオヤジのような物言いの男は、抱井が腕をもたせかけている窓枠に背中を向け、腰を預けた。

「抱井、まだあのおっさんと顔が似てたくらいで落ち込んでるのか」

「……おっさんって言うな、あれで有名画家だぞ」

溜め息をつくと、先週よりも深く色づいた中庭の木々が、まるで反応したようにハラハラと葉を散らせた。

これはやはり嫉妬なのか。元々、自分が一番なんて言えるほど雪野に好かれているわけでもないのに。

大人げない。でも実際、大人じゃなくてまだ子供なんだからしょうがないだろうとか、都合のいいときだけ子供であるのを認めてしまおうとする自分もいる。

隣で益本まで『はぁっ』と聞こえよがしの溜め息をついた。

「嫌だなぁ、そんなことぐらいで卑屈《ひくつ》になられると、俺責任感じちゃうだろ。ちょいと似てるって言っただけなのに」

「おまえはもっとべつのことに責任覚えろよ。だいたい、おまえが余計なことしなきゃ、こんなややこしい事態にもならなかったんだ」

昨日は唐突に帰ってしまい、雪野は訳が判らなかったに違いない。

家に帰ってすぐにメールが来た。

『今別れたばっかりなのに、もう来週が楽しみだよ。どこに行こうか？　もうすぐ十五回目のデートだね』

なんてことはないメール。無邪気に次のデートを心待ちにするメールは普通なら嬉しいはずなのに、雪野が楽しみにしているのはゴールのセックスじゃないかと思うと、素直に喜べない。すぐに返信できなかった。

雪野がなにを考えているのか判らない。

「余計って恋文《こいぶみ》のことか〜?」

悪びれない声の男に、抱井は行き場のない鬱屈《うっくつ》をぶつけるかのように言う。

「ほかになにがある。言っただろう? 俺は本当はあの人のことは眺めてるだけでよかったんだ。図書室の癒《いや》しでさ、告白なんてするつもりなかったのに、おまえがラブレターなんて書くから」

「人のせいにすんなよ。その後、付き合うって決めたのも、毎週会ってんのもおまえの意思……」

一言言えば、百倍屁理屈《へりくつ》が返ってくる男だが、益本は急に口を噤《つぐ》んだ。少し訝《いぶか》しみつつも、滅多《めった》にない好機《こうき》とばかりに抱井は喋《しゃべ》り続けた。

「付き合うときだって、おまえが唆《そそのか》したようなもんじゃねぇか。俺はもう疲れたんだよ。あの人、なに考えてるかわかんねぇし、いっそ別れたほうが楽なんじゃないかって思うときも……」

「抱井、やめとけ」

鬱憤《うっぷん》晴らしだ。益本を責めるつもりが、肘鉄《ひじてつ》つきで制止する声が飛んできた。

抱井は呻《うめ》き、隣を睨《にら》もうとしてその横顔の険《けわ》しさにはっとなる。振り返って言葉を失った。

益本の視線の先に立っていたのは、十人並みの制服姿でも目立つ男。

二年の階に用のないはずの雪野が、真《ま》っ直《す》ぐにこちらを見て立ち尽くしていた。

「せ、先輩……」

「メールの返事なかったから……どうしてるかと思って。昨日は急に帰ったし、本当は具合でも悪かったんじゃないかって……前にお腹《なか》痛くて帰ってたから」

自分を探しに来たのか。以前の腹痛なんてそれこそ嘘の言い訳だったのに、まったく疑っていなかったらしい雪野は、今強張《こわば》った顔をして抱井の前にいた。

息を飲んだ抱井に、詰《なじ》るでも問いただすでもなく、ただぽつりと言った。

「なんだ、元気そうでよかったよ」


路地に人の足音が近づいてくる度《たび》、抱井はアパートの前の通りに身を乗り出すようにして表を窺《うかが》った。

時刻はもう十一時を回っている。バイト帰りの雪野をアパート前で待ち伏せることにしたのは、昼間一言の弁明《べんめい》もできなかったからだ。雪野は踵《きびす》を返して去ってしまい、望みをかけた放課後の図書室にも、バイトの曜日にもかかわらず現われなかった。

とにかく、謝らなければ。

気ばかりが急《せ》く。仕事に疲れたサラリーマンの革靴。もう秋も深まる季節だというのにサンダル履《ば》きの若い男。待つ間に足音は聞き分けられるほどになってきたものの、いちいち確認せずにはいられず、若い女のヒール音だろうと確かめた。

待ち人がようやく帰って来たのは、それからまたしばらく経《た》ってからだ。

「……先輩」

気まずい思いで声をかけると、雪野もまたバツが悪そうに視線を逸《そ》らした。

「ごめん……昼のこと、謝ろうと思って」

「謝るってなにを?」

「手紙のこと、聞いてたんでしょ?」

「君が書いたんじゃなかったんだね。代筆《だいひつ》?」

「代筆っていうか、あいつが勝手に用意して本に挟《はさ》んで……」

なおさら悪いと説明するうちに気づいてはっとなる。雪野は制服のジャケットのポケットから鍵を取り出し、抱井を押《お》し退《の》けるようにして部屋の鍵を開け始めた。

「か、勝手に用意されたものだけど、嘘じゃねぇから。ただ告白する勇気はなかっただけで、先輩のことは好きだったし、仲良くなりたいと思ってあの本だって用意して……」

「中に入ってくれる?」

『ご近所迷惑になるから』とドアを開けた雪野は、抱井を部屋に招いた。本当にただ近所への騒音《そうおん》を心配したからなのか、許す気持ちがあるのか。勧《すす》められて部屋のローテーブルの前に腰を下ろし、弁解の続きを始めても雪野の気持ちは摑めないままだ。

嘘だったことを、激しく詰るでもない。まるで手紙についてはどうでもいいというように、淡々としてその場から離れようとする雪野の腕を抱井は引っ摑む。

「千星《ちせ》さん！」

細い手首を引っ張って、自分の前に座らせた。

「千星さん、話聞いてくれてる？」

「聞いてるよ。じゃあ、君が僕と別れるって言ったのは？」

「……別れるとは言ってない」

「別れたほうが楽かもって言ったのは？」

雪野はしっかりと覚えていた。

勢いで口にした言葉とはいえ、抱井は言葉に詰まる。目の前の白い顔が、部屋の明かりの下で一層《いっそう》色を失ったように見えた。

「そっちは否定しないんだ？」

「確かに言ったけど、でもそれはっ……」

判らないことが多過ぎるからだ。ふと目を向けた本棚は、やはり一部だけが綺麗に切り取られたように空間ができていて、あのチケットが恭《うやうや》しく収められている。

見るとまた胸が嫌な感じに締めつけられた。

「だいたい先輩って本当に俺が好きなの？」

ぽつりと漏《も》らした言葉に、雪野が目を見開かせる。

「え……？」

「付き合うのは誰でもよくてさ、淋しいからって俺といることにしたんじゃないの？」

「誰でもって……そういうのは、もう僕は……」

「千星さん、好きな人いるでしょう？」

返事を待たず、抱井は棚《たな》を指差した。

「……どういう意味？」

雪野は拍子《ひょうし》抜けするほどきょとんとした顔で応《こた》える。

勘違いであるはずがないという思いが、神経を逆撫《さかな》でる。あの晩見た光景が抱井の中には現実として残っていた。誰にも、自分にも見せることはない雪野のあの男と話すときの緊張した面持《おもも》ちや、はにかんだ笑《え》み、チケットを大事そうに両手で受け取ったときのどうしようもなく嬉しそうな表情も忘れられない。

言葉なんかよりもずっと雄弁《ゆうべん》に、特別なのだと伝わってきた。

「入江海《いりえかい》、あんたが好きな画家ですよ。それだけじゃない。俺には言おうとしなかったけど、あのチケットくれた店の常連客って本人じゃないですか」

「どうしてそれを……」

「好きなんでしょ？　だからあのチケットも、あんなに大切に飾ってんでしょ？」

「ちがっ……それは違うから」

雪野は大きく首を振る。

嫉妬に狂って問い詰めるなんてみっともないと思いながらも、ガキ臭《くさ》い足掻《あが》きを止められなかった。

「だったらなんで俺に隠そうとしたんですか？　店に来てることも、絵のことだって……あの本も自分で買うくらい好きなくせして、絵なんか大して興味ないみたいなこと、どうして俺には言ったんですか？」

「それは、なんとなく……恥ずかしかったから」

「へぇ、千星さんでも照れることってあるんだ？　そういうの、恋っていうんですよ」

「違うって！　そんなんじゃないって、さっきから言ってるだろ。君の誤解だよ」

雪野は一貫《いっかん》して認めようとしない。

嘘をついているようには見えなかった。でも、本当と受け入れるには本棚のチケットは大切にされすぎている。ファンだと認めることもしない。恋でもなく、ファンでもなく、それでどう納得しろというのか。

チケットの収められたクリアファイルは、部屋の明かりに光っていた。

その輝きを目にした途端、抱井は口にした。

「だったら、あのバイトは辞めてください」

「え……」

「俺のほうが好きなんだったら、バイトぐらい辞めれるでしょ？　レストランなんて、ほかにいくらでもあるんだから」

本気じゃなかった。

ただ少しでも、自分のほうが想われていると感じたかった。

けれど、雪野は中庭で友人に同じ言葉を投げかけられたときのように一瞬押し黙り、ただ抱井をじっと見つめ返して、人形みたいにぎこちなく首を横に振った。

「ごめん」

「千星さん……」

「お店はやめられないけど」

そう言って唇を噛《か》んだ雪野は、意を決したように立ち上がると、本棚から小さなクリアファイルを持ってきた。中に収められた個展のチケットを取り出す。

海の絵の印刷された青いチケットだ。

「千星さん？」

なにをするつもりなのか、まったく予期できなかった。

自分に譲《ゆず》ろうとでもいうのか。そんな的外《まとはず》れなことを考えた瞬間、紙片《しへん》の裂《さ》けるビリッという音が静かな部屋に響いた。

「千星さんっ⁉」

「……これでいい？」

「ちょっ…と、ちょっとあんたなにやってっ！」

「これで許してくれるかな？　展覧会には行かないから、だから……」

止める間もなく、一瞬の間にチケットは雪野の手によって小さな紙切れに変わった。バラバラと手元から散り落ちる青い紙片に、見つめる雪野の眸《ひとみ》が光りながら揺らぎ、俯《うつむ》くと小さな声で言った。

「……だから、やめろなんて言わないで」

雪野は自分のために破いたんじゃない。

あの男の来る店を離れたくないからだ。

そう思った。

「なんで泣いてんの？」

「……泣いてないよ」

「泣いてんじゃん、たかがチケットくらいでさ」

責めるように言葉を発した。涙を見せなくとも、雪野は泣いている。大事なものだと判っているからこそ、『どうして』という思いが強くなる。

嫌ならただ嫌だと言えばいいのに。自分の機嫌を取るために破り捨てたって、大切なものには変わりなく、雪野が哀しむほどにそれを思い知らされるだけだ。

なに一つ気持ちは晴れない。

雪野の大事なものを壊《こわ》しても。

「……くそ」

「優《すぐる》?」

「なんなんだよ、あんた。もう、訳判んないし。俺のこと欲しいみたいな振りして嘘ばっかりでさ……」

——ひどい。

そんな風にガキっぽく思ったけれど、実際に酷《ひど》いことをしているのも、もっとしそうになっているのも自分のほうだった。

「え……」

雪野が不思議そうな声を発した。突然、抱井が突き飛ばすように床にその身を転がしたからだ。

「なっ……なに?」

酷く怒っていて、殴られるとでも思ったのだろう。圧《の》し掛《か》かろうとすると、ぎゅっと目を閉じて両腕で顔を庇《かば》う仕草を見せる。抱井はその手をひっ捕まえ、頭上で床に縫《ぬ》い止《と》めた。

覗き込んだ顔は驚きに目を瞠《みは》らせている。

「……ずっとこうされたかったんでしょ？」

雪野は上着を脱いだだけの制服姿だった。紺色のニットのベストを、ズボンから引っ張り出した白いシャツごとたくし上げる。

「ちょっ…と、優っ！」

戸惑っている姿をおかしいと思った。最初あんなにうろたえて逃げ惑っていたのは自分なのに、まるで今は立場が逆転したみたいに雪野のほうが嫌がっている。

「なんで急に……こんなの、こんなこと……君はしないってっ……」

そう、こんなことをしても全然手に入らない。判っているのに、このもどかしさや悔しさ、焦《しょう》燥感《そうかん》を埋《う》めるものを抱井はほかに思いつかなかった。

「よかったね、嬉しいでしょ？　先輩は俺と早くこういうことしたかったんですもんね」

「優っ、なんで……やめっ！」

胸元まで服を剝《は》いだ。こないだとは違い、まだふにゃりと柔らかい乳首は、雪野の肌に寝そべるように伸びていた。目にした途端、こんな状況でも下腹部にズキンと電流のような疼《うず》きが走る。

「こないだココ、自分で触ってた。最初っから触っちゃうくらい、乳首好きなんですか？　そんなにこれ……感じるもんなの？」

柔らかいのに、ぺろっと舐《な》めて跳《は》ね上《あ》げると面白いくらいに反応して尖《とが》ってきた。

「すぐ…るっ……やっ」

口に含んで緩急《かんきゅう》をつけて吸ってやれば、我慢できないほど感じるらしく、「やだ」と漏らして首を振りながらも組敷《くみし》いた体はビクビク揺れる。

右も左も、代わる代わるに弄《いじ》った。何度も舌で転がして吸ううちに、淡い色をしていた乳首は乳輪まで赤く染まり、粘膜《ねんまく》みたいに色を変えてヒクつき始める。

「あっ……あ…んっ」

半開きになった雪野の唇から甘ったるい吐息が零《こぼ》れた。抱井は可愛らしい声に満足するどころか、かき乱されて暗い欲望を募《つの》らせる。

目を閉じているのが気に入らない。自分を見ていないから許せない。

——その頭の中で、いつも誰を想っているのか。

「ひ…ぁっ……」

無防備に膨《ふく》れた乳首に抱井は歯を立てた。

じわりと力を籠《こ》める。

「ひぅ…んっ……あ、やっ……いた…ぃ……」

痛いと繰り返しながらも、本気の苦痛ではないのは重ねた体で判る。雪野の腰はビクついて揺れていた。歯先で弄《もてあそ》んで嬲《なぶ》るほどに、下から突き上げるみたいに上下し、乗っかった抱井まで揺さぶる。制服の下で勃起《ぼっき》させているのはすぐに判った。

「……千星さんは嘘つきだな……感じてるくせに。痛いのも好きなんでしょう？　とんだインランだよ、ホント」

「す、優……」

「そんなショック受けたみたいな顔しないでくださいよ。本当のことじゃないすか。乳首嚙まれて、ココ……窮屈《きゅうくつ》そうにさせてるくせしてっ」

「あっ、や……いや…っ……」

「嫌？　こないだは触ってって俺に言ったじゃないですか。腰振って、自分で露出《ろしゅつ》させて、お願い触ってってさ！」

「……やだって、優っ……ホントに、いや…なんだ」

ベルトに手をかけると、すぐに遮《さえぎ》ろうとする手が飛んできたが、抱井は阻《はば》むことを許さなかった。濡れた下着を制服のズボンごとずり下ろし、内に隠されていた雪野の秘密を露《あら》わにする。

「すっげ、どろどろ……乳首でイキそうになったんですか？」

相変わらず、同じ男とは思えない果実のような性器だ。けれど、可憐《かれん》な色合いに反して硬く勃起していて、抵抗とは裏腹に快感を求めてしなやかに反《そ》り返《かえ》っていた。

先端の熟《う》れた色が淫《みだ》らだ。見つめる傍《そば》から小さな裂け目が口を開け、透明な雫《しずく》を噴《ふ》き零《こぼ》す。

「すぐ…る、優……あっ、あ…ぅんっ……」

抱井がそれを摑むと、雪野は観念したように大人しくなり、代わりに懇願《こんがん》する声を上げ始めた。

「あっ……や、お願い……ひどくしなっ…いで……」

まるでレイプでもしているみたいだ。

自分だって感じているくせに。あんなに欲しがっていたくせして。

「あ……いやっ、痛…っ……きつ……きつい、優っ」

それほど力を籠めているつもりはない。でも、皮膚は薄そうだし敏感《びんかん》だし、実際強すぎるのだろう。泣きじゃくる声を聞きながら冷静な頭の隅ではそう思ったけれど、加減はできなかった。

「ひ…ぁっ、やっ……やだ、優、いや…ぁ……」

もっと泣かせたい。

もっと自分の名を呼ばせて、刻みつけたい。

益本が言っていたのは、こんな感覚なのかもしれない。無理強《むりじ》いのセックスなんて不毛《ふもう》だって思うのに、欲しい気持ちが止まらなかった。

雪野の心があの画家のものでも、たとえ本当は欠片《かけら》も自分になかったとしても、嫌いにはなれない。本気で好きになってしまったものは、もうどうしようもない。

なのに、泣かせてしまいたいと思う。

これも嫉妬なのか、自分にサディスティックな一面があるからなのか——

「あっ、あっ……すぐ、る、優っ……」

音がするほど性器を扱《しご》いた。雪野は立て続けに声を上げ、必死で堪《こら》えようとするかのように頭を左右に振る。

「あぁっ、や…ぁ……」

細い体がガクガクと上下に動いた。四肢《しし》をピンと突っ張らせたかと思うと、熱いものが抱井の手を濡らした。

人が射精するところを見たのも、射精させたのも初めてだった。

チケットを破いても涙は見せなかった雪野が、眦《まなじり》を濡らしながら腰を揺すっていた。残滓《ざんし》をとろとろと溢《あふ》れさせ、真っ赤に上気《じょうき》した顔を手で覆《おお》うと、か細くなった声で問いかけてきた。

「しないって……デートしたりキスしたり、いっぱいしてからだって言ったの、君なのに……なんで?」

抱井は答えられなかった。

「ふつ、普通の恋人になろうって……君が言ったのに。なんで……これってもう、ならなくていいってこと……」

嫉妬に狂ってるなんて言えるわけがない。

言えないから、言葉を遮ってしまう。

「……腰上げて」

「優……」

「まだ終わってない……ほら、奥に入れるとこあるんでしょ。ちゃんと俺に見えるようにしてよ。俺は先輩と違って、男同士のやり方なんて詳しく知らないんだから」

すんっと、一度雪野が鼻を鳴らす音が聞こえた。足にまだ纏《まと》わりついたズボンと下着を抱井が抜き取ると、従順《じゅうじゅん》になった男は畳《たた》んだ足をその身に引き寄せ、尻を浮かせて秘した場所を露わにする。

「……入んの、これ」

驚いて呟いた。肉づきの薄い狭間《はざま》に現われたそこは、思っていたよりも小さく硬く窄《すぼ》まっていて、淡いピンク色をしているけれど濡れたりはしていない。

「優っ……」

乾いた窄まりを、どうしたものかと指の腹でなぞると雪野は怯《おび》えた声を上げる。やわやわと揉み込めば、強引に突き入れられると思ったのか、しゃくり上げるような声を上げ始めた。

傷つけるつもりはない。

「慣らしてやるから、どうしたらいいか言って」

「……濡らすの、あるから……それ使って……」

雪野に教えられ、ベッド下のボックスからローションというのを取り出した。どうやらそれ専用の品だ。半分ほど減ったボトルの理由を考えるだけで冷えた声が出る。

「セックス好きなだけあって、準備万端《ばんたん》なんだ」

「ちがっ……ずっと、してない」

「じゃあ、なんでこんなもんが家にあるだよ？」

責める抱井の問いに、雪野は困ったように眉尻を下げて応えた。

「……自分で、するから……」

「自分でって、指で？　そんなに後ろ好きなんだ？」

「やっ……」

「嫌だったら、自分で尻弄ったりしないでしょ」

抱井は窄まり目がけてローションを垂《た》らした。ぬるぬると指の腹でも塗り広げる。乾いてどうしようもなかったのが嘘のように滑《なめ》らかに指は走り、ぬかるんだ入口にべつのものを宛《あて》がう瞬間を想像したら、一気に呼吸が乱れた。

興奮を誤魔化《ごまか》すように抱井は詰問《きつもん》した。

「ねえ、何本？　いつも指、何本咥《くわ》えてイクんだよ？」

「……んっ、そんな……わから…なっ……」

「判らないわけねぇだろ、自分でやってんだから……こう、やって…っ」

「んん…ぁっ、や、指……やだ……」

「そっか……覚えてないなら、いっぱい入れちゃえばいいのかな。足りないより、嬉しい？ね、そのほうが嬉しいんでしょ、千星さん。三本？　四本？　全部入れちゃう？」

「ん…ぁっ、あっ……いやぁ……」

押し込んだ指をぐるっと中で捻《ひね》ると、雪野は啜《すす》り喘《あえ》ぎながら『二本』と応えた。

脇《わき》から捻《ね》じ込《こ》むようにして、二本目の指を挿入《そうにゅう》する。雪野の泣き声が大きくなった。とても慣れている感じではなく、動かすごとの抵抗も大きい。自分の指のほうが、ずっと太いからなのだと抱井は何度か動かしてみて判った。

手の大きさからして違う。指の太さも、長さも。節《ふし》ばった関節を抜き出してはまた潜《もぐ》らせる度《たび》、雪野は上擦《うわず》る泣き声を上げて、そこが辛いと、酷く擦《こす》れて堪《たま》らないのだと示した。

でも、嫌がってるわけじゃない。

雪野の性器は再び張り詰め、あからさまな動きで揺れて、丸く滑らかな先端が白い腹を打っていた。

「んっ、んっ……あぁ…っ」

奥を探ると、絡《から》みつく感触がきつくなる。押し出して排除《はいじょ》しようとでもするような動きに、苦しいのかと思ったけれど、そうでないのは腹に滴《したた》り落ちる先走りで判った。

奥もすごく気持ちいいのだ。自慰《じい》では届かなかったはずの場所を、抱井の長い指に捏《こ》ねられ、雪野は泣きじゃくるほど感じていた。

続きを求めるように両足がしどけなく解《ほど》け、腰が揺れる。開いた唇からは、とても冷静には聞いていられないような淫《みだ》らな声が間断《かんだん》なく漏れていた。

「……ひ…んっ、あっ……あっ……」

「……いいの？　深いとこ、いい？」

「んっ、い……いいっ、あっ…ぁんっ……」

「もっと……しよっか」

まだ少し狭い感じはしたけれど、抱井ももう限界だった。ズボンの前を寛《くつろ》げ、ちょっと下着を下げただけで飛び出した自身に、思わず大きく吐息をついてしまった。

キツイくらい張っている。経験がないほど雄々《おお》しく育った昂《たか》ぶりで、閉じかけた襞《ひだ》を分ける。うっとりと身を任せて啼《な》いていた雪野が、ずり上がって逃げる素振《そぶ》りを見せ、両手で腰を摑んで引き戻した。

「や……いやぁっ……」

馴染《なじ》ませる間もなく、嵩《かさ》のある亀頭《きとう》を飲ませた。押し込んで口を開かせた入口は、可哀想《かわいそう》なほどにヒクついて、身に穿《うが》たれた異物を押し出そうとする。

ぽろぽろと雪野の眦からは涙が溢れ落ちた。

辛いのか、そんなに嫌なのか。

どっちにしろ、本当にセックスは久しぶりなのかもしれない。ずっとあの男に憧《あこが》れていたから？　だから、人恋しくて人肌が大好きなくせして、セックスしないでいたのか。

だったら、自分にも甘い顔なんてしないでくれればよかった。ちょっと似てるぐらいで欲しがったりしないでくれたら。

——悔しい。

自分のほうが好きなのに。

自分のほうがずっと、もう好きになってるのに。

「あんな奴、あんたのこと絶対なんとも思ってないじゃないかよ」

「……すぐ…るっ？」

「なんだよ、そんな顔すんなよっ……セックス、したいんじゃなかったのかよっ？　こう…やって、ズコズコやりてぇって……あんた、身も蓋《ふた》もないこと言ってたくせして……ほら、お望みどおりだろ」

「待っ……あぁっ、あっ……」

「嬉しいって言えよっ……嬉しいって……」

ぐっと腰を入れる度に、雪野は泣き声を上げた。感じているけれど、悲鳴みたいな声だ。

体は重なっているのに、心は少しも合わさっていない。なのに、気持ちがいい。気を抜いたらすぐにイってしまいそうだ。初めてのあのキャンプのときの二の舞になってしまいそうなくらい、いやそれよりもっと感じて気持ちいい。

「……くそっ、なんだよ、コレ……なんなんだよっ、もっ……」

自分の体と心さえバラバラだった。

だからこんなことしたくなかったのに、セックスなんて勢いでするもんじゃないって判ってたのに。欲しい、欲しい、欲しい。欲望だけが突っ走って、体を飲み込む。

「あっ、あっ……すぐるっ……」

泣きながらも自分の名を呼ぶ雪野の髪が濡れていた。涙に湿《しめ》ったその髪を撫でつけようとして、手のひらに青い色がついているのに気がついた。

いつの間にか貼りついた、雪野の破り捨てたチケットの紙片だった。自分の行いが、最悪であることの印《しるし》――

「……判っただろ」

「優…っ……？」

「俺なんか、代わりにしても……しょうがねぇって。セックスだって、これで気がすんだろっ……」

雪野の奥へと自身を打ちつけながら、抱井は言葉を叩きつけた。

荒い息がどちらのものか判らない。快感を得ているのかも与えているのかも。けれど、上がった熱はいつかは冷める。この熱が覚めたときが終わりなんだと、浮かされた頭のどこかでずっと思っていた。

図書室の窓辺の木々はいつの間にか葉を落とし、グラウンドへの見通しがよくなっていた。十一月も終わりにさしかかると、クリスマスや冬休みの予定が生徒たちの間では話題に上《のぼ》るようになった。そんな中、年末年始を飛び越えて、新学期の心配をする者もいる。

「抱井《かかい》くん、本なんて興味ないって言ってたけど、熱心に委員の仕事をやってくれてたじゃない。絶対、向いてると思うの」

放課後の図書室でカウンターに入った抱井に話しかけているのは、図書室の責任者である担任教師だ。

学期ごとの任期の図書委員はまもなく終わる。新学期は新しい者を選ばねばならず、真面目にカウンター業務をこなしてくれる生徒を捕まえようと躍起《やっき》の教師は、抱井を説得にかかっていた。

「何度言われても俺は続けませんよ。今学期で懲《こ》りてますから。他のクラスの奴らは非協力的で逃げてばかりだし、俺がどんだけ大変だったと思ってんですか」

その裏で雪野《ゆきの》と出会ったりと、いい思いもしていたのには触れず、抱井は貸し出し本の返却作業をしながら渋《しぶ》っ面《つら》で応《こた》える。

「抱井くんの努力が素晴らしかったからお願いしてるのよ。今度は各クラスの担任の先生にお願いして、きちんとみんなに放課後も頑張ってもらうから、ね？」

女教師は身を乗り出して懇願《こんがん》し、窮屈《きゅうくつ》そうなブラウスに包まれた巨乳がアピールされたが、抱井はチラと一瞥《いちべつ》するだけでもう惑《まど》わされなかった。

「いや、勘弁《かんべん》してください。今期限りでやめたいんで」

単純業務にはもう慣れた。なにがなんでもやりたくないほど嫌だというわけでもなかったけれど、抱井にはいつまでもここにいるわけにはいかない理由がある。

雪野は図書室に来なくなった。

自分がいるからだろう。

そりゃあそうだ、先週あんなに酷《ひど》いことをしてしまった。本来、嘘のラブレターで付き合っていたことも含め、謝るのは自分のほうだったのに、途中から逆切れしてメチャクチャなことをした。自棄《やけ》になって無理《むりじ》強いのセックス。まるでそれさえ雪野のせいであるかのように、暴言を吐いた。

終わったと思った。それでもいいと欲望のままに彼を手に入れたくせして、終わってみれば残ったのは満足感ではなく苦《にが》い後悔だけだった。

図書室を避《さ》ける雪野とは、あれから一度も話していない。

「じゃあ、考えておいてね」

一分《いちぶ》の検討《けんとう》の隙も与えていないにもかかわらず、藁《わら》にも縋《すが》る思いの担任は作り笑いで抱井に言い、図書室を出て行った。後には、黙々《もくもく》と返却作業を続ける抱井と、業務は慣れないながらもカウンターに入った他クラスの図書委員、岡辺《おかべ》が残る。

岡辺はこのところ部活の帰りの僅《わず》かな時間でも、手伝いに入るようになった。

今までの人任せの行動を反省してなどではない。

「抱井、あの人いつも来てるって本当なのかよ。もう一週間過ぎてるけど、あれから全然来ないじゃないか」

判《わか》りやすい男だ。見目麗《みめうるわ》しい憧《あこが》れの先輩である雪野が図書室に来ると聞き、積極的に業務に加わるようになったのだ。

——間の悪い奴。最初は冷ややかにそう思っていた抱井も、近頃は教えてやるべきかと哀れんでいる。

雪野は来ない。恐らく永遠に。自分がこのカウンターに入っている限り、訪《おとず》れやしない。

抱井の憐憫《れんびん》など知らない男は、パソコンに表示された返却者の名前に『あっ』となる。

「なんだ?」

「これ、一年の白石《しらいし》じゃないか。うそ、図書室で本借りたりしてるんだ。放課後も来ることあるのかな?」

たまに見かける下級生だ。アイドルみたいな容姿《ようし》の目立つ生徒で、抱井も名前くらいは覚えている。目を輝かせる岡辺の様子から察するに、雪野と同じく好みのタイプなのだろう。華奢《きゃしゃ》な色白で性別を感じさせないところや、おっとりした雰囲気は似ていると言えなくもない。

——現金な奴。

心配をして損したと、抱井は再び冷ややかな眼差しに戻った。結局、誰でもいいのだ。

「けど、図書室で会ったところでなぁ、話しかけるきっかけがあるわけでもないし。本貸し出すときにせいぜいちょっと話すくらいか？」

「……好きそうな本を入荷してもらうってのはどうだ？」

「それをネタに声かけんのか。いいな、それ！」

ものの試しに振ってみれば、二つ返事で乗ってくる。

こうやって図書室の妙な蔵書《ぞうしょ》は増えていくのかもしれない。

「けど、間違っても本にラブレター仕込んだりするんじゃねぇぞ」

大真面目に告げると、こっちは「なにそれ、ださっ」と返ってきた。

閉室時刻が近づいてくる。雪野の来ない図書室は、抱井だけでなく予定外の男にまで気の抜けた気分を与えていた。

窓から差し込む日の色もすっかり変わり、グラウンドの部活動の生徒たちの声も次第に聞こえなくなってくる頃。図書室を利用中の生徒も帰って行く中で、一人の生徒ががらっとドアを開けて入ってきた。

一瞬ドキリとしたが、雪野ではない。

背が高いがどことなくあどけない顔に覚えのある生徒は、弓道部の一年生だ。真っ直《まっす》ぐにカウンターに向かってきた男は告げた。

「あの、益本《ますもと》先輩が弓道部に来てほしいそうです」

——なんだって自分がわざわざ弓道部に出向かねばならないのか。

使いパシリにされた下級生にこそ突っかからなかったが、閉室作業を終えて図書室を出る抱井は憮然《ぶぜん》としていた。

用があるなら自分からいつものように図書室に押し掛けてくればいい。岡辺は真っ直ぐに帰っていき、抱井も悪友の呼び出しなど無視して帰宅することはできたが、不満に反して足は弓道場に向いた。

「おう、よく来たなぁ。賢明《けんめい》な選択だ」

もう部活も終わったらしいのにまだ弓道衣姿の益本は、一人弓を構えて的《まと》に向かっている。

抱井は憎まれ口を叩いた。

「なんだ、おまえだけ居残り練習か。サボりすぎで怒られでもしたのか?」

「おまえにイイコトを教えてやろうと思ってな」

「イイコト？」

こんなもったいつけた切り出し方をする益本など、悪い予感しかしない。わざわざ呼びつけたのは、よほど面白いネタを見つけたからだろう。

益本自身だけが面白い、場合によっては相手にとって不幸なネタだ。

「教えてやる代わりに、昼飯一週間奢《おご》るってのでどうだ？」

「断る」

「帰りのラーメンでもいい」

「興味ない。知らぬが仏って言うしな、おまえの情報なんて知ったが最後、後悔するに決まってる」

高校からの付き合いとはいえ、抱井は益本をよく知っている。ばっさりと言い捨てたにもかかわらず、益本は弓矢を構えたまま、ふっと鼻で笑った。

ほんの僅《わず》かな息遣いで手元はぶれ、放たれた矢は的の中心から僅《わず》かに逸《そ》れた。

「そうだな、おまえは絶対後悔する。でも知らなければもっと後悔する」

そんなはずはない。

知らないものは、知らないままでいる限りどんな内容でも後悔できようはずがない。

抱井は冷静にそう分析できたが、言葉は裏腹に飛び出した。

「学食三日だ」

「値切られるようなチープな情報じゃないんだけどねぇ」

抱井のほうをチラ見しただけで、新たな矢を取りながら益本は続けた。

「あの入江《いりえ》って画家のことだ。どういう男か気になって調べてみた。あのおっさんは今は独身だが離婚歴がある」

華々しい受賞歴や画家になるまでの生《お》い立《た》ちなら、あのインタビュー本に目を通した抱井も知っている。バツイチなんて初耳だが、そんな三文ゴシップネタにどんな価値があるのかまるで理解できなかった。

いい年した男だ。バツの一つぐらいついていたって、雪野は気にも留めないだろう。離婚も再婚も珍しくないと、自分の両親の話をしたときに言っていた雪野なら——

そこまで考えて、ようやくなにか小さな引っかかりを覚えた。

「離婚した妻の名前は雪野千絵《ゆきのちえ》」

的を見据《みす》え直した益本が言う。

「嘘だ」

抱井は間髪《かんはつ》入れずに反応した。

「俺がおまえにそんな嘘言ってどうする?」

「あの男が……千星さんの父親だなんて、そんなことあるはずがない」

調べてきたという益本に対し、抱井に否定するほどの根拠はなかった。

ただ、事実であって困るのは自分だった。

知って後悔、知らなくても後悔。益本の言うとおり、重く圧《の》し掛《か》かる。

父親であるとするなら、自分はとんでもない誤解をし、雪野を追い詰めたことになる。

あの男にだけ見せた、雪野の遠慮がちな態度。そのくせ慕《した》わしくてならない表情や仕草。義理の父親には疎《うと》まれ、淋しい一人暮らしを余儀《よぎ》なくされている雪野が、バイト先で本当の父に巡《めぐ》り合《あ》っていたのだとしたら。

『ごめん』

自分に謝りながら、店はやめることができないと言った雪野。大切に大切に、たった一つの思い出や写真のように保管されて飾られていたチケット。

あのとき雪野はどんな思いで自分のためにそれを裂《さ》いたのか。

「おまえはとんだ大バカ野郎だなぁ」

デキの悪い子供を叱咤《しった》でもするように益本は言い、放たれた矢は今度は確実に的の中心を射抜いた。


雪野を見かけたのは、駅に隣接したコンビニだった。

学校を出た抱井は、直接会って話をしたいとアパートを訪《たず》ねたが留守だった。今日もバイトかもしれない。あの店に行ってみるか、またアパートで待ち伏せをするべきか。

とりあえず一旦家に帰って着替えるなりしようと、駅に向かったら探している男が制服姿のままそこにいた。

後ろ姿だったが、栗色の髪の小さな頭と細く長い首筋ですぐ判る。抱井は雑誌コーナーで立ち読み中の客にぎょっとされながらも、ガラス壁越しに様子を窺《うかが》った。

雪野は靴下を買っていた。

サイズを見ているのか、二足持っていたうちの一方を選びレジに向かう。

まさかまたクローゼットが開かなくなったり、手持ちの靴下が行方不明で足りなくなったんだろうか。出てきたら声をかけるはずが思わず身を隠してしまい、そのまま後を追う。帰り着いたら声をかけようと、少し距離を置いて後ろを歩いた。

もう真っ直ぐ家に帰るだろう。そう予測したが、雪野はスーパーにも立ち寄った。

籠《かご》を手に生鮮食品を見て回る。自炊しているだけあって、普通の高校生とは違う買い物風景だ。

家族がいれば雪野はこんなことはしない。自分でも面倒臭《めんどうくさ》がりだからと言っていた。食事を用意してくれる母親や、帰りを待つ家族がいないのはこういうことなのだと、抱井は改めて知った。

まるで主婦みたいに野菜を一つ一つ手に取って選んでいる横顔が、とても淋《さみ》しげに見えてならなかった。

自分はそんな雪野からなにを奪《うば》ったのか。

レジで会計をすませ、雪野は店を出る。日は暮れて辺りはもう暗い。住宅街へ続く道は人や車の通りも少なく、街灯の明かりだけがアパートに向けて一人歩き出した雪野を撫《な》でた。大きなレジ袋とコンビニの小さなレジ袋、街灯の下を過ぎる度《たび》、その手の二つの袋が真っ白に光って見える。

家に帰り着くまで知らん顔なんて、できなかった。

「千星《ちせ》さん」

ただ声をかけるつもりが、その後ろ姿に近づいたら堪《たま》らなくなって、抱井は手を伸ばしていた。呼ぶ声に驚いて振り返ろうとした雪野の身がその場で硬直する。

抱井が後ろから抱きしめたからだ。

「……ごめんなさい」

言葉は突かれたように零《こぼ》れた。

回した長い腕に力を籠《こ》め、自分が深く傷つけてしまったに違いない彼を抱いた。

「優《すぐる》……？」

びっくりさせた雪野の手から袋が路上に落ち、その音に我に返った抱井は慌てて飛《と》び退《の》く。

「あっ、ごめん」

嫌いになった男にこんなことをされたら、不快なだけだ。場合によっては犯罪者だと行為を省《かえり》みる。雪野は目を吊り上げるでもなく、逃げ出すでもなく、呆然とした表情で自分を見ていた。

「もう僕のことはいらないんじゃなかったの？」

「え……」

言葉の意味が判らなかった。

まるで捨てられたのは自分のほうだと思い込んででもいるようだ。雪野は怒っているわけではないのか。気になったけれど、とにかく自分は詫《わ》びなければならないと思った。

「千星さん、こないだのこと……ごめんなさい。謝って許されることじゃないけど、俺……あの入江って人のこと、誤解してたんだ。あんたの好きな人だって、本当に好きなのはあの人なんだって、そう思ったらなんかもう堪らなくて……でも、あの人はそんな関係じゃなくて、千星さんの……」

『父親なんだろう？』とははっきりと言えなかった。

けれど、言葉を飲んだ抱井に、雪野は真実を知ったのを感じ取ったに違いない。じっと顔を見つめ返したのち、ゆっくりと語り始めた。

「偶然なんだ、入江さんが店に来るようになったの。あの人がそうなんだってのは、昔家で見つけた写真や母さんへの手紙で知ってたんだけど」

「……入江さんのほうは？」

「あの人は知らないよ。お店には本名を伝えてるけど、ウエイターは偽名でやってるし」

雪野は緩《ゆる》く笑《え》んで応《こた》える。ぎこちない笑みは、どこか入江を前にしたときの表情にも似ている。

なにも知らない父親とのささやかな触れ合いに、雪野は小さな幸せを感じていたのだろう。

それをぶち壊しにしたのは誰だ。

「……ごめん！　千星さん、本当に俺、ごめんなさい!!　謝っても謝り切れない酷いことを俺……させたし、あの日した」

抱井は深々と頭を下げた。謝るしかもうできなかった。壊したものは取り戻せない。

「もういいよ。僕も君にちゃんと言えなくてごめんね。なんか……恥ずかしかったんだ。一方的に知ってるだけなのに、ファザコンみたいに入江さんに拘《こだわ》っててさ」

「でも、俺は……俺のせいで、あのチケットっ……」

「個展の入場券は買えばまだ手に入るよ」

「なに言ってんだよ、それはあの人がくれたもんじゃ……」

同じ印刷されたものだと割り切れるほど、抱井はデリカシーのない人間じゃない。

「いいんだよ、気持ちの問題だから。紙切れが同じじゃなくても、入江さんがくれたことには変わりないから」

「千星さん」

「それより、これ……」

雪野は制服の上着ポケットから、パスケースを取り出した。手渡されて受け取ったそれには、あのチェックシートと、抱井が書いたはずだったラブレターが入っていた。

「君がこれをくれたときも、同じくらい嬉しかったよ。君のことは、ずっと気になってたから」

「え……」

「ずっといいなって思ってた。最初に見たときから……図書室に通うようになったのも、君がカウンターにいたからだよ」

「ウソ……そんな素振り、ちっとも……」

「見せたら嫌われると思ったから。僕が好きだって言うと、みんな最初は優しくしてくれる。でも、途中から違うって言うんだ。恋じゃないって……一時的なもので、遊びなんだって……僕は女の子じゃないし、男だから」

中学から男子校であった雪野は、自分の容姿が同性を惑《まど》わせるものであるのも、それはけしてよい結果を引き寄せるものでないのも知っているのだ。あの、最後は暴言を吐き捨てて去って行ったサラリーマンのように。

「だから、君のことは図書室で見れたらそれでいいって思うようにしてた。眺めるだけのほうが、哀しいことも起こらないから」

「千星さん……」

ある意味、自分と同じだ。男同士なんて先がないのだからと、綺麗な距離を保つことばかりを考えていた。

街灯の下で自分を仰《あお》ぐ雪野は、にこりと小さく笑んだ。

「でも、やっぱり嬉しくなったよ。ラブレターもらったら、君が僕のことを想ってくれてたんだって……嬉しくて、知らん顔なんてできなかった」

「あの手紙のことも俺……」

「勘違いしないでほしい。その手紙は嬉しかったし、大事だったけど、僕がショックだったのは偽物だったせいじゃない」

詫びようとすると、きっぱりとした声で遮《さえぎ》られた。

「僕は誰の身代わりにも君をしてない。誰でもいいなんて、思ったこともない」

「千星さん、ごめ……」

「君とセックスできると思って嬉しかったのに」

雪野らしい口調だった。

飾ることも婉曲《えんきょく》に仄《ほの》めかすこともしない。奔放《ほんぽう》すぎるストレートな物言いは誤解を生むこともあるけれど、外見と変わらず本当はとても純粋だ。

「好きな人とできると思って、嬉しかったんだよ。それって、そんなに変なことなのかな?

君が好きだからしたいと思ったのに、誰でもいいなんて……なんでそんな風に僕は君に責められなきゃならなかったの。僕はただ……」

雪野の言葉を最後まで待てず、抱井はその身を強く搔《か》き抱《いだ》いた。

帰り道だけど、誰か見ているかもしれないけれど、一度突き離しておきながら都合がよすぎると好きな人に呆れられるかもしれないけれど——それでも、告げずにはいられなかった。

「千星さん、あなたが好きです」

「優……」

「好きです。好きだから、もう一度……俺と付き合って下さい」

最初は見た目だけで始まった恋だった。

一目惚れだからゼロからのスタートだ。相手をよく知らないまま恋をして、付き合って、映画の趣味も判らず、思っていた彼とは違ったり擦《す》れ違《ちが》ったり。

判らないことだらけだ。だからこそもっと、もっといっぱい理解しようと努力しなきゃならなかったのに。

どうか、もう遅いだなんて言わないでほしい。

「好きです、千星さん」

繰り返すと、「はい」という微《かす》かな声と共に抱き返す手を抱井は背中に感じた。

恋じゃなくなったはずの恋が、再び恋になった瞬間だった。

部屋に入ったら、綺麗な空間が目に止まって、そこに突進した。

雪野のベッドの上だ。部屋に入ってすぐに押し倒すなんて、結局自分も雪野と同じことをしている。好きだって自覚したら、欲しいと思ったら、こんな風に余裕がなくなるものなのか。

いや、それだけじゃない。

「優……」

雪野が自分と同じ余裕のない目をして見つめてくるからだ。

キスをする。柔らかな肉を押し付け合うだけなのに、キスはやっぱり気持ちいい。けれど、触れ合わせるほどにそれだけでは足りなくなって、もっと触れ合わせたいと思う。もっと、いろんなところを。

雪野の白い華奢な首筋に顔を埋《うず》めながら、身につけたままのジャケットの下を探る。ずるっと両手でニットベストごとシャツをたくし上げた。

滑《なめ》らかな肌。手のひらに吸いつくその感触。上のほうまで辿《たど》ったら、中指の先がツンとぶつかるように乳首に触れる。

「……ぁ…んっ」

飛び出した鼻にかかった甘い声に、堪らず指で摘《つ》まんだ。仰《の》け反《ぞ》った首筋を、ぞろりと舌で舐《な》め上《あ》げる。

どうにかしたいと思う気持ちばかりが先走る。

もっと触りたい。この人を気持ちよくさせたい。乳首も舐めたいし、噛んだり吸ったりして
また泣かせたい。触れる手が何本あっても足りないほどの焦《あせ》りと高揚感。あの果物みたいな性
器もこの手で弄《もてあそ》んで、奥の隠されているとこだってまた恥ずかしく暴《あば》いて──

「すっ、優…っ……」

「千星さんっ……」

はぁはぁと響く息遣いが煩《うるさ》いと思ったら、自分の息だった。

「ま、待って……余裕、なさすぎ…っ……」

「余裕ないの嫌い？　ダメですか？」

「嫌い……じゃないよ？　好きかも……」

雪野のすらりと長い腕が、蔓《つる》のように首筋に伸びてくる。引き寄せられて、唇を寄せながら
眸《ひとみ》を覗き込まれた。

「こないだも、君怒ってて怖かったけど……もう順番はどうでもよくなったんだと思ったら、
なんだか哀しかったけど……でも、すごく気持ちよかった」

甘い、甘い声。抱井の頭の奥までとろとろに溶かし出す。

自分のものにしたい。

この人を、自分のにしてしまってもいいんだ。

許されるのだと思ったら、堪らない幸福感と快楽への期待に、胸が熱くなった。

さっきまで気が急《せ》くばかりで、荒っぽく触れていた体をゆるゆると撫《な》で摩《さす》る。はだけた制服の下に覗く、艶《なま》めかしい胸や腹部。呼吸に上下する肌の上に、抱井は波に添《そ》って漂《ただよ》う船のようにゆったりと手のひらを這《は》わせた。

腰の中心に触れる。

「あ…っ、あっ……」

制服のズボンの膨《ふく》らみを撫で摩ると、雪野は切ない声を上げて眸を揺らめかせた。

「さわっ、触ってくれる?」

抱井はこくりと頷く。『うん』と言ったけれど、興奮してくぐもってしまい、よく声にならなかった。

服を脱がせた。身につけたままのジャケットも、ベストやシャツも。ズボンのベルトに手をかけたところで、雪野が「君は?」と尋ねてきた。

「僕も……僕も触りたい、君に」

服を脱がせ合い、裸を見せ合うだけじゃなくて、雪野も自分に触れたいのだと言う。抱井が雪野を知る前に漠然《ばくぜん》と妄想していた女の子とのセックスは、横たわった彼女に、自分が一方的にアレコレして感じさせるものだったが、雪野は違うらしい。

経験豊富な雪野に翻弄《ほんろう》されるのは、また嫉妬心を刺激されそうだけれど、ねだられるままその手を自身に導《みちび》いた。

裸になって、向き合って、互いの体を探り合う。雪野の手淫《しゅいん》は巧《たく》みで、それだけじゃなく興奮して眸を潤《うる》ませる姿に、つまらない嫉妬心など吹き飛んだ。

「……ぐるっ、優っ……いい？　気持ち、いい？」

そう何度も問われ、頷いて応える度《たび》に抱井の手の中の雪野の性器も震えて涙を零《こぼ》した。

自分が感じると雪野は嬉しいらしい。気持ちよくて、感じるらしい。

それはきっと、彼が自分を想ってくれているからだ。

「あっ、あ…っ……ねぇ、これ……おっきい……優の、すご…くっ……」

「……大きいのは嫌？　小さくしろって言われても、難しいんだけど」

雪野は恥ずかしそうに頬を染めて首を横に振った。もっとその顔を見たくて「好きか？」と問えば、抱井のスケベな思惑など気づかない雪野は、「大きいの、好き」と答えて赤くなった眦に涙を滲《にじ》ませた。

抱井の手の中のものまで、ヒクヒクと頭を揺らしてまた先走りを溢れさせる。

——可愛い。

年上だけど可愛くて、エッチで、時々変なところもあるこの人が好きだ。

抱きたいと強く思う。抱井は堪らなくなって押し倒しながら尋ねた。

「どうすんのがいい？　こないだ、キツくしたから……無理したくない。千星さん、どうすんのが好き？」

「……後ろからする？　そしたら、もっと楽にできるから」

大胆な提案を雪野はしてきた。のびをする猫のポーズでベッドへ身を伏せたかと思うと、まるで差し出すみたいに尻を掲《かか》げられ、余計に興奮する。再びローションを使って指で慣らす間も、抱井は気が高ぶるあまり、口数も少なく無言になっていた。

またすぐにイッてしまいそうになったらどうしよう。半分持たなかったらどうしようとか、キャンプの記憶を頭に蘇《よみがえ》らせつつ指を抜き出すと、狭間《はざま》に一見サイズの合わないものを押し当てる。

ぬるんと先端を浅い谷間に一度滑《すべ》らせただけで、『はぁっ』と切ない吐息が零れた。

「……千星さん」

体の構造的に言葉どおり楽なのは事実なのだろう。こないだはよく見て確かめることはできなかった場所は、すぐ目の前で収縮《しゅうしゅく》を繰り返す。

「あっ、なんかちょっとっ……」

「なに？」

「なんか変……やっぱり、今日は後ろ、嫌かも」

今更この臨戦態勢でそんなこと言われても困る。どうしたものかと、雪野の腰に手を回して

中心に触れてみれば、萎《な》えるどころかキツく勃起《ぼっき》していた。

「なんか……これ、恥ずかしい。なんで…っ…今までそんなの、思ったことなかったのに……」

ガンっと頭を打たれたようだった。恥じらう雪野にズキリとした疼《うず》きが走り、引いて逃げようとする腰を摑み寄せた。

「あぁ…っ……」

ぐっと力を籠《こ》め、きゅんと縮《ちぢ》こまって抵抗を示す入口を割った。大きく口を開けて頰張《ほおば》らせる。羞恥《しゅうち》を覚えたばかりの雪野の細く泣き喘《あえ》ぐ声が、抱井の征服欲を刺激した。

「んんっ、や…ぁ……あっ、あぅっ……」

ずくっと奥まで一息に穿《うが》たせ、根元まで埋《う》める。

——俺のだ。

もうこの人は、本当に俺のもの。

満たされる支配欲に充実感と興奮で頭がぐらぐらする。

「……それっ、全部?　も、全部入れ…ちゃったの?」

「うん……奥まで、した。千星さんの中、熱い……可愛いな、根元んとこできゅうきゅうしてる、そんなにしても、もう……閉じられないのに」

熱に浮かされるまま告げた言葉に、雪野は啜り泣く。最奥《さいおう》まで開かせたのを確かめるように、小刻みに腰を揺すって深いところをトンと突いた。

「や、いや……まだっ……」

「まだ、なに？」

「ま…だ、動かさな…っ……」

繰り返し腰を動かす。

「んっ、あ…ぅ……」

「こういうの、も……だめ？」

「あっ、あっ……すぐる、優…っ」

小さく始まった抽挿《ちゅうそう》は、やがて大きな波へと変わり、引いては深く打ち返す。ベッドに伏せた雪野の上半身がシーツの上で擦《こす》れるほど、揺さぶり動かす。大波はもう止めることができなかった。

ベッドが軋《きし》んで鳴き、ズッと粘膜《ねんまく》の擦れ合う音に、『はぁはぁ』と零れる二人分の息遣いが重なり合う。抱井は夢中だった。たぶん雪野も。ほかになにも考えられないくらい快感と互いの体に溺《おぼ》れていた。

「んんっ、あ…ぁっ……優っ、もう」

吐精《とせい》は同時だった。

大きくくねらせて左右に揺らいだ雪野の細い腰を抱え直し、抱井はその奥へと堪《こら》えていた熱を解《と》き放《はな》った。後ろから抱《だ》き潰《つぶ》すように乗っかって、重たい体で雪野を封じ込め、幸せな瞬間を共有する。

もうなにもいらない。そう思えるほどの絶頂感だったのに、ぎゅっと抱きしめていると熱は冷え切れないまま新たに湧《わ》いてきた。

抱井は今までの自分らしくもない言葉を、吐息と共に恋人の耳元に囁きかけた。

「……次は前からしてもいい？　顔も見ながらしたい」


目を開けたときから、ぴょこぴょこと雪野の頭に尻尾《しっぽ》のようなものが揺れていた。

いつもはさらさらの茶色い髪が、寝乱れたまま一房《ひとふさ》跳ね上がっている。手を伸ばせば届く距離だったので、直してあげようと思ったけれど、揺れる動きが可愛くて、愛着が湧《わ》いてきてそのまま黙っていた。

大満足のセックスの後だ。

疲れ果ててベッドで二人でうとうとしていたのだけれど、ふと目が覚めると雪野は先に起きていて、目の前のローテーブルに向かい、シャツを羽織《はお》った背中と後頭部にできた尻尾をこちらに向けていた。

なにをしているのか判らないが、楽しそうな鼻歌が時折聞こえる。

セックスは立て続けに三回もしてしまった。後ろから一回と、前から二回。雪野はセックスは続けるほどに感じやすくなるらしく、最後の一回は抱井が一度射精するまでに二度も放っていた。

アンアンと可愛く啼《な》いて、「もう出してもいい？　先に出してもいいっ？」と泣きじゃくりながら腰を振っていた雪野を思い出すと、今もまた体が熱くなりそうになる。

いつから自分はこんなに絶倫《ぜつりん》になったのか。

——可愛いなぁ。

見つめるほどに雪野だか尻尾だかが愛《いと》おしく思えてきて、ベッドに寝そべったまま手を伸ばす。はねた髪に軽くタッチしただけで雪野は気がついた。

「優、起きてたんだ」

あんなに激しく乱れた後なのに、柔らかな笑みがまた天使っぽい。

「……ん、おはよう」

朝でもないのにバカな挨拶《あいさつ》を甘い声でする自分に少し『げっ』となりつつも、抱井は幸せだからまぁいいかと思った。

「ほら、見て」

振り返った雪野が見せてきたのは、あのチェックシートだ。腸管《ちょうかん》……もとい、すごろくみたいにうねったマス目が、ゴールまでピンクに塗り潰されている。

嬉しくて塗っていたのか。

なんてピュアで可愛いんだ。

やっている内容の俗っぽさは脇にぐいと押し退《の》け、恋に夢中の抱井は頬を緩《ゆる》ませながら身を起こす。ベッドに胡坐《あぐら》をかいて、ピンクに染まったシートをよく見ようとして気がついた。

ゴールの先に矢印が書き込まれていた。

「なにこれ?」

右下の隅を差した矢印。裏を捲《めく》ってみると、新しいマス目が紙いっぱいに描かれていた。

「セックス一回で一マスね」

「……は?」

「ゲームで言うと、裏世界が開けたって感じ? たくさんしようね、嬉しいな、楽しみだなぁ」

ゴールはどこへ向かっているのか。

問う必要はあまりなさそうだった。マス目は前より小さい。ゴールなんて遥《はる》か彼方《かなた》、まるで存在するかしないかが事の重要さではない天竺《てんじく》のようだ。

気が遠退《とおの》きそうになった。

絶倫どころの話ではない。一体これから何回するつもりでいるのやら、雪野はやっぱり雪野のままだ。

愛らしく思えていた尻尾は、小悪魔の尻尾か。

やっぱり尻尾は大人しく寝かせておくべきだと髪に触れようとすれば、するっと雪野は立ち上がり、にっこりと笑って言った。

「優、お腹空《す》いたね、とりあえずなにか作ろっか?」

やっぱり恋みたい

Y a p p a r i K o i M i t a i

『図書室は不思議な空間だなぁ』と、雪野千星《ゆきのちせ》はいつも思っていた。

人がいるのに静かで、それでいて授業中のように誰かに統制されているわけでもなく、みな思い思いの時間を過ごしている。もう十二月だから、どの窓もきっちりとガラス瓶《びん》の蓋《ふた》のように閉ざされ、グラウンドの運動部の生徒たちの掛け声も遠い。

本をめくる音。ノートにペンを走らせる音。遠くで誰かが密《ひそ》やかに話をしている声。周囲からは室内の微《かす》かな音までもが伝わってくる。それは昔家の物置で感じた家族の気配のようだ。

幼い頃、千星は物置に隠れて両親の声を聞くのが好きだった。見た目はスカートを穿《は》いても違和感のない女の子みたいな容姿でも、中身はいたって普通の秘密基地に憧《あこが》れる男の子で、階段下の物置スペースによくこっそり潜《もぐ》り込《こ》んでいた。

探検ごっこの妄想に耽《ふけ》り、空想に飽きると耳を澄ました。当時住んでいたのは二階建ての小さな借家《しゃくや》で、薄っぺらな木のドアの向こうからは、母が廊下の先の台所で家事をする音が聞こえた。絵を描くのが仕事の父はいつも大きな窓のある部屋に籠《こも》っていて、ほとんど気配は感じられなかったけれど、たまに母と会話する声が響いてきた。

ときどき笑い声が聞こえた。

二人は一人息子の話もした。千星はそれを聞くのが好きだった。

自分のいないところで、誰かが口にする自分の名前。なんだか特別なことのようで、家の奥から漏れ聞こえる『千星』という響きに嬉しくなった。

そして、大人に近づいた今は、自分の名前よりも他人の名前に反応する。

数ヵ月前まで話をしたこともなかった一つ年下の男の名を聞くと、ちょっとだけ心臓が弾《はず》む。

今、彼は窓際の席の千星が顔を起こせば視界に入る位置にいる。図書室のカウンターで、返却された本の山を処理しており、不機嫌そうな仏頂面《ぶっちょうづら》なのはたぶん作業が嫌だからではなく、担任の教師が話しかけているからだ。

――なにを言われているのだろう。

千星は耳を澄ませてみる。

物置の扉越しに意識を飛ばした頃のように。


「抱井《かかい》くんが三学期も図書委員を続けてくれることになって、本当によかったわ～」

カウンター越しに弾む女教師の声を、抱井は聞きたくもないのに聞いていた。

つい先週まで、頑《かたく》なに『図書委員はもう嫌だ』と言い張っていた抱井だが、突然気を変えたのには訳がある。

理由は単純、好きな人が再び図書室に来るようになったからだ。再び付き合えることになったから。抱井にとってはこの上なくめでたい話だけれど、おいそれと他人に突っ込まれたい内容ではない。そもそも想い人は秘密にすべき同性だ。

仏頂面はせめてもの防御《ぼうぎょ》。なにも言ってくれるなオーラを精一杯放つものの、ご機嫌の女教師は気にした様子もなかった。組んだ両腕とブラウスに包まれた巨乳をカウンターに載せて身を乗り出してくるせいで、その向こうに拝《おが》めるはずの彼の姿まで見えなくなる。

「先生、べつに図書委員なんて誰だってよかったでしょ」

「あら、図書室を利用してるみんなも、きっちりした頼れる図書委員のほうが嬉しいに決まってるわ～」

「俺は図書委員になるまで、自分がきっちりしてて頼り甲斐《がい》があるなんて知りませんでしたけどね」

「本当？　抱井くんたら自己評価低いのねぇ。よかったよかった、素晴らしい長所発見！」

バンバンと制服のブレザーの肩を叩かれそうになり、抱井は身を引いてひょいと避《さ》ける。どうやら嫌味は通じそうにない。

「先生、『図書室ではお静かに』ですよ」

仕方ないので伝家《でんか》の宝刀《ほうとう》とも言える文句を繰り出せば、教師はようやく抱井の望むバツが悪そうな顔になり、長居することなく図書室を出て行った。

ほっと安堵《あんど》のため息をつく。窓際の雪野は、先ほどと変わりない頬杖《ほおづえ》をついたポーズで開いた本に視線を落としていた。カウンターのつまらない会話など耳に入っていない様子だ。

きっと読書に没頭《ぼっとう》しているに違いない。いつも美術関係の本ばかり広げていた雪野も、一通り読んでしまったのか最近は小説を手に取ることもある。

冬の淡い夕日に照らし出された横顔に、抱井はほうっと安堵とは違うため息をつきそうになった。たとえ流行作家のライトノベルを読んでいようと、雪野は内省的な文学少年のような居住まいだ。見目を裏切る奔放《ほんぽう》さや、ややガサツなところを知ってしまおうとも、可憐《かれん》な花は可憐である。

こうして共有できる空間はやっぱり貴重だ。学年も違う雪野とは、同じ学校に通っていても意識的に顔を合わせようとしなければすれ違うこともままならない関係なわけで、なんと思われようと図書委員は続けることにして正解だと思う。

愚《おろ》かでもいい。

だいたい、そんな崇高《すうこう》な理由で図書委員をやりたがる人間などいるはずが――

誰にともなく言い訳を並べる傍《そば》から、まるで返事でもするかのように、書架《しょか》のほうで大きな物音が響いた。

カウンターを飛び出し、抱井は歩み寄る。

「なにやってるんだよ」

声量を抑《おさ》えつつも、隠しきれない呆れを滲《にじ》ませて声をかけたのは、同じ図書委員の岡辺《おかべ》だ。

書架の谷間にいる男は、ワゴンで運んだ返却の本を、それぞれの棚に戻しているところだった。脚立《きゃたつ》の上に不安定に積み上げた本が、雪崩《なだれ》を起こして床に崩《くず》れ落《お》ちたらしい。

「上の棚に戻すのに積んでたら崩れてさぁ。ワゴンからちびちび出すの、面倒臭くって」

「楽しようとするからだ。急がば回れって言うだろうが」

「はいはい、抱井って意外に堅実《けんじつ》だよなぁ。もっとこう、見た目大雑把《おおざっぱ》そうなのに」

なにをもって大雑把だと人を決めつけていたのか知らないが、図書委員のおかげで新しい評価がまた増えた。

落ちた本を一緒に拾っていると、落ち着きのない男は棚の向こう側へひょこっと顔を出し、並んだ机のほうを見る。

「……岡辺、なにやってんだ?」

「いや、カッコ悪いとこあの人に見られてなかったかなと思って」

『あの人』というのが、雪野であろうことはすぐに判った。そもそも、水曜日以外に岡辺が図書委員の仕事に入っているのが怪しい。陸上部の部員でもある岡辺は、部活を理由に水曜以外は無理だと言っていたくせして、雪野が放課後の図書室に来ると知るや、こうして自発的に委員の仕事をしにやってきた。

理由の邪《よこしま》な図書委員仲間だ。雪野によからぬ興味を持っているのは知っている。

角が少し潰《つぶ》れてしまった本を、ひやりとしたビニールの床から拾い上げながら、抱井はむすっと応《こた》えた。

「……全然こっち見てねぇよ。だいたい、おまえのことなんか意識してるわけないだろ」

「あ、ひでぇな。そんなのおまえにわかんねぇだろ。つか、ホントにあの人、キレーな顔してるよなぁ。女より美人ってか……ああいうの、透明感があるっていうの？　トイレも行きませんって感じでさぁ」

「……アホか、アイドルじゃあるまいし」

「けど、想像つかねぇもん」

どこまで本気か判《わか》らないが、岡辺は男に抱いた好意を隠そうともしない。

夢はぶち壊す……脅威《きょうい》の芽《め》は摘《つ》んでおくに限るとばかりに、抱井は立ち上がって背後の棚に本を戻しながら力強く言った。

「あのな、トイレぐらい毎日入《い》り浸《びた》りだっての。小便器だって使うし、週に三回くらい腹下してるかもな」

「わっ、やめてくれ、俺の雪野先輩のイメージが崩れるっ」

——いつ、おまえのになった！

「だいたい、ああいうタイプに限って裏表があるんだよ」

ここが図書室でなければ、もっと声を大にして畳《たた》み掛《か》けたいところだ。雪野に近づく気なんて起こさせまいと、牽制球《けんせいきゅう》をピッチングマシンのごとく連投《れんとう》する。

「繊細《せんさい》そうに見えてガサツだったり、どんなオシャレ部屋に住んでるのかと思えば汚部屋《おべや》だったり。野郎なんだから、つくもんだってついてるっつーの。なまじ顔がいいからモテるだろうしな。女とっかえひっかえかも。澄まし顔してるけど、実はエッチ大好きなヤリチンの可能性だって……」

――あとはなんだ？

『もっと言ってやる！』とばかりに振り返り、抱井は身を硬直させた。

誰もいなかったはずの通路に、本を携《たずさ》えた一個年上の見目麗《みめうるわ》しい上級生が、身を竦《すく》ませて立っている。

「雪野……先輩？」

硬直したのは、呼びかけた抱井だけではない。

「岡辺っ！」

「え、えっと……そうだ、大型本はあっちに戻すんだっけな～」

逃げ足の早い元凶の男は、そそくさと大型本を一抱えにして奥の棚のほうへ去っていく。

後に残されたのは、気まずさ全開の抱井と、恋人に陰口を叩かれていたに等しい雪野だけだ。

「いっ、今のはっ……」

「この本、こっちでよかったよね？」

「そっ、そこの棚っ……」

雪野はスチール棚の斜めになった本を寄せ、読み終えたらしい小説本をすっと挿《さ》す。これと言って不快感を示すでもない横顔に、抱井はかえって狼狽《うろた》えた。

「ちっ、違うんだって！」

「……え？」

「今のはちょっとあいつを牽制しておこうと思って、言っただけだから。あいつ、ほら岡辺」

返ってきたのは、きょとんとした表情だ。

『牽制』とは敵の注意を引きつけ、行動を妨《さまた》げること。説明が足りないのはそんな有《あ》り触《ふ》れた国語的意味か、それとも牽制するに至る自分のみっともない嫉妬のほうか。

「でも本当のことだよ」

『え』となるのは抱井の番だ。

「僕、トイレにも行くし、なんかたまに『繊細そう』とかって言われるけど、べつに神経細かくないと思うし……あと、エッチも好きだから」

「い、いやそれは……」

重々《じゅうじゅう》知ってますけど。

だからと言って——

「ああ、でもお腹は滅多《めった》に壊さないし、女の子はとっかえひっかえしてないよ？　僕、女の子にはモテないしね」

相変わらずズレた天然なところのある男は、突っ込みどころからしてズレている。

「と、とにかく……ごめんなさい」

それでも抱井が謝ると、雪野はふわっと口元を綻《ほころ》ばせ、浮かんだ笑みに抱井はホッとした。書架の列の奥からは、ちらちらと岡辺が顔を覗かせて様子を窺《うかが》っている。雪野は図書室の常連とはいえ、あまり親しいところを見せると怪しまれるかもしれない。

「じゃあ、あとで」

机に戻っていく雪野を、名残惜《なごりお》しげに見送った。あとでと言っても、今日はカウンターに一緒に入るのは無理そうだ。最近、雪野はバイトのない日は図書室の閉室作業を手伝ってくれる。そのまま途中まで一緒に帰るのが、今の二人のささやかな放課後デートコースだ。

岡辺がいてはそれもままならない。諦《あきら》めムードでいたところ、閉室前に『部活をサボってるのがバレた』と、岡辺はカウンター作業もほったらかしにして飛んで出て行った。校内にまだいるのを部員に知られて、メールが来たらしい。

教えたのは図書室の生徒の誰かか。とんだ密告者だが、抱井にとっては陰の功労者だ。

「優《すぐる》、手伝うよ」

日も暮れてみんながバラバラ帰り始めると、雪野が声をかけてくれた。帰り際《ぎわ》は貸し出しが続いて、ちょっとばかりカウンターは混む。

「すみません。これも、お願いします」

借りていた本をついでに返却する者もいた。暇を持て余していたときに出してくれれば、仕事が増えることもないのに……などとボヤクほどの量ではないものの、全員出て行った後にはカウンターの隅に軽く一山できる。

積極的に手伝う雪野が本の確認を始めた。

「あ、千星さん、ありがと」

たまに顔を出しても、人をからかうだけの悪友とは大違いだ。

益本《ますもと》は、このところ姿を現わさなくなっていた。『邪魔したら悪いと思って』なんて、雪野との交際に理解あるような振りをしているが、単に二人の仲が落ち着くところに落ち着いてしまって面白味がないのだろう。

べつに来ないほうが喜ばしいので、異を唱《とな》えるつもりは毛頭《もうとう》ないけれど。

「ねぇ優、学校の図書室ってさ、未《いま》だにアナログな部分多いよね」

「え？」

「ほら、貸し出しもカードに手書きだし。もっとスーパーのレジみたいに、バーコード読み取ったりするだけかと思ってた」

「学校によると思うけど……うちは蔵書が多くないのもあるんじゃないかな。大学の図書館みたいに充実してるわけじゃないし」

「ふうん、僕も三年じゃなかったら三学期に図書委員に立候補できたのに」

アナログ作業の手間を愚痴《ぐち》っているのかと思いきや、抱井は『えっ』となる。

雪野は飛躍ともいえる言葉を告げた。

「だってそしたら、もっと優と話せそうだし」

「あ……」

「ごめん、邪魔じゃなかったらなんだけど」

「じゃっ、邪魔なわけないです！　いつも千星さんがいてくれて助かってるしっ……」

「ははっ、そんなこと言ってもらっても、三年だからなれないんだけどね」

雪野は照れ臭そうに俯《うつむ》く。

なんなんだろうこれは、と思う。

まるで付き合い始めのカップルみたいな空気だ。今頃になって、ちょっとしたことに照れたり焦《あせ》ったりと忙しい。

最初の頃に求めていた関係はまさにこれだったはずなのに、いざそうなってみると、抱井はどうしていいか判らなくてまごつく。

「役に立ってるのかな。僕、本には詳しくないし……あれ、この本なにか入ってる」

「え？」

「忘れ物かな。メモ取ったの、挟んで忘れてしまったのかも」

雪野はそう言って紙を取り出したが、ただのメモにしてはやけに綺麗な紙だった。

青い便箋《びんせん》だ。開けば明らかに手紙と判る文面を、抱井は雪野の肩口から覗き込むようにして目にした。

『拝啓、突然こんな手紙を書いてすみません。

あなたがこれを読んでくれることを祈ってしたためます。といっても、この本を手渡した僕のことを、カウンターの先輩は知ってくれているでしょうか』

便箋の紙の色は白くはなかったが、抱井の頭は一瞬で真っ白になった。

どこかで見たような文面だ。

高校生らしくもない、硬くて大げさな文章の始まり。

『あなたが図書室にいてくれるおかげで、僕の毎日は変わりました。まるであなたは僕の学校生活を照らす太陽です。希望を生む光です。これほど毎日放課後を待ち遠しく思ったことはありません。あなたがいない日は――』

「これって、さっき優が受け取った本だよね？」

「え、ああ……そうかも」

クリーム色のハードカバーの表紙には、なんとなく見覚えがある。

「もしかして、優宛《あ》てのラブレター？」

ラブレターと言われてピンときた。図書室に姿を現わさずとも、あの男ならトラップの一つも仕掛けるかもしれない。

真っ白だった頭が裂けた。裂け目から『わぁっ‼』という心の叫びがマグマのごとく溢《あふ》れ出す。

「優っ⁉」

抱井は勢いよく雪野の白い手から便箋を奪い取り、そのままカウンターのみならず図書室からも飛び出した。

「どこ行くのっ？」という声が、後ろから追ってくる。訝《いぶか》られながらも階段を駆け下りる抱井が一目散《いちもくさん》に向かう先はといえば、体育館脇の弓道場《きゅうどうじょう》だ。

「益本ぉっっ‼」

そこにいるはずの男ではなく、ぞろりと後方に並んだ弓道部の一年生たちが、一斉にこちらを振り返った。身長では抱井も負けてはいないが、ガタイのいい弓道衣《きゅうどうぎ》姿の男たちには妙な威圧感《いあつかん》がある。

下級生をギャラリーに、的《まと》前で弓を構えようとしていた益本は、キツネ目に煩《わずら》わしげな色を浮かべる。

「なんの用だ、抱井」

「益本っ、おまえなぁ、こんなもの仕込んでまだ俺をからかおうってのか！」

「……からかう？」

いつ仕込んでおいたものか判らないが、退屈凌《しの》ぎにせっかくのピカピカに凪《な》いだ海……雪野との関係に波風を立てられては堪《たま》らない。姿を見せないと思えばこういうことかと、青い便箋の上部を指にした抱井は、逮捕状かなにかのようにぴらんと眼前に突きつける。

悪友は紙の上に目線を走らせた。

「初めて見るラブレターだ」

「え？」

「しいて言えば、独創性《どくそうせい》に欠ける。三十点だな」

「……えっ？」

「なんだ、俺に採点してもらいに来たんじゃないのか？　見てのとおり、俺はそれなりに忙しいんだがね。神聖な弓道場に友人のよしみで気軽に乱入されたんじゃ、俺も後輩に示しがつかない。なにしろ、ただでさえ最近のガキは発育がよくて、俺よりデカい奴らで舐《な》められてるってのに」

発言が筒抜《つつぬ》けで、背後の一年に聞こえているであろうことは構わないのか。とても軽んじられた人間の発言とは思えないが、抱井はそれどころではなくポカンとなった。

「……益本、おまえが書いたんじゃないのか？」

「男にラブレターを送る趣味は俺にはないね。あるのはおまえぐらいだ」

自分だってない。雪野に宛てたラブレターは、目の前の男のでっち上げ——抱井ははっとなって手紙を確認した。

言われてみれば益本とは筆跡《ひっせき》が微妙に違う。特別に字が上手《うま》いということもないけれど、丁寧に綴《つづ》られているのが判る、歪《ゆが》みない文字の羅列《られつ》。

その最後には、抱井も知る名前が書かれていた。

『白石《しらいし》つぐむ』

岡辺が雪野と並ぶほど見目麗しいと言っていた、あの下級生の名前だ。

そういえば今日も来ていた。閉室まで図書室にいて、さっきカウンターで本の返却手続きもして帰ったところだ。そうだ、クリーム色の表紙の本だった。この手紙が挟まっていた本だ。

「えっと……」

「まだ、なにか?」

本物。

急浮上した……最初から受け入れるべきであった現実に、抱井は目の前の友人ではなく背後を振り返り見る。

あとをついてきた雪野は、ただただ呆気《あっけ》に取られた表情で自分を見ていた。


「だから、白石にはもちろんちゃんと断るから!」

スピードを上げてブウンと走り去る車の音が、張り合うように大きくなった抱井の声を半分くらいかき消して行く。

学校からの帰り道、交差点の信号待ちで立ち止まった千星は、隣に並んだ男の顔を仰《あお》ぎ見た。

見慣れた濃紺《のうこん》のウールコートに、見慣れたグリーンのタータンチェックのマフラーを首に回した抱井は、いつもどおりのハンサムな顔だけれど、表情は焦《あせ》りで険《けわ》しくなっている。

白石という下級生を千星は知らない。

抱井に説明されると、雰囲気だけはなんとなく想像できた。可愛いアイドル顔のぱっと目を引く一年生。『図書室にも来てんのに、全然記憶にないんですか？』と驚かれるくらいに有名らしいその姿。白くて小柄で大きな目をしていて、今日は女の子みたいな赤いマフラーをしていたらしいけれど——

雪だるま。

千星の頭に浮かんだイメージは、『冬のアイドル』のそれだ。

「……たしかに可愛いかも」

あらぬ方向へと飛躍《ひやく》した千星の頭の中まで覗けるはずもない男は、呟きに一層《いっそう》焦った声で否定にかかる。

「可愛くても関係ないんだって！　ちゃんと断るし！」

ちょっとびっくりしつつ、信号が青に変わったので駅方面に向けて歩き出した。千星は横断歩道はなるべく白いところを歩くのが好きだ。何故《なぜ》だか判らない。幼い頃からずっとそうしていたから。

「千星さん、俺のこと信じてくださいよ？」

十二月に入って、めっきり冷たくなった風が吹きつける。マフラーを顔に引き上げながらも、抱井は真剣な目をして言葉にする。

「優って、やっぱりモテるんだね」

「そうじゃなくて！　こんなこと初めてに決まってんでしょ。相手男だし……ぶっちゃけ、女にも告白されたことないけど。俺が好きなのは千星さんだし、これからもそれって変わらないし」

きっと、そういう言葉を口にするのには慣れていないのだろう。きついほどに真っ直《ます》ぐ前を見据《みす》えた黒い双眸《そうぼう》が揺れる。

『好き』とか『可愛い』とか、今まで千星に近寄ってくる男はみんな簡単に言葉にしていたのに、抱井はあまり言わない。いつまで経《た》っても『さん』づけで、千星とも呼んでくれない。名前を呼ばれるのが好きな千星にとって、それは残念なことであるはずなのに、いつのまにか不思議と受け入れていた。

抱井の口にする『千星さん』という響きが好きだ。

抱井の名前や名字と同じぐらい、耳にすると心がふわりと躍る。

ただ、今はその声が、時折車の音に持っていかれてしまうのが残念だった。路上は図書室のように静かではない。駅が近づくほどに通りは賑やかになって、様々な音が無秩序《むちつじょ》に集まった喧騒《けんそう》に満たされる。

「千星さん？　大丈夫？」

『判ってくれた？』と念を押す声が、不安げに問う。

「あっ、うん、ありがとう。僕は大丈夫だよ、ただちょっと……」

「ちょっと、なに⁉」

「ごめん、今少し淋しいなって思ったから」

千星は素直に感じたことを口にした。

「え？」

「ほら、僕はもうすぐ卒業だから、もう図書室には行けなくなってしまうし」

唐突とも言える話の転換だ。抱井はやや面食《めんく》らった表情をしつつも、免《まぬが》れようもない現実である卒業に千星と同じく気落ちした声を発する。

「あと三ヵ月くらいですね。千星さん、進学しないって本気？」

二人の通う男子校は、ほとんどの生徒が大学へ進学する。今も年明けの受験に向け、みんな追い込みをかけている時期で、雪野のようにバイトをしたり図書室も勉強ではなく読書のために利用している三年生は稀《まれ》だった。

「うん、大学行っても勉強したいことがあるわけじゃないし」

「そんなの、みんな結構そうだよ」

「そうかな……でも、今のお店が正社員にしてくれるって言うし、接客業は好きだからこのまま仕事にできたらって思うんだ。あの店、今は営業時間は夜からだけど、ちょうど春から昼間のカフェ営業を始めることになってさ」

先を急がなくても、大学を卒業してからでも接客業に就《つ》くことはできる。でも、千星は早く完全な自立がしたかった。義父の負担にはなりたくなかったし、それに飲食店ならどこでもいいわけじゃない。

できれば、あの店がよかった。どこか懐《なつ》かしい感じのする、老舗《しにせ》のレストランバー。居心地がよく、顔馴《なじ》染みの常連客もたくさんいて、中にはカウンター席が定位置の寡黙《かもく》な画家なんかも――

入江《いりえ》の姿は、最近は個展の準備で忙しいのかずっと見ていない。気になって、ほかのバイトにも聞いてみたけれど、千星のいない日に来ているというわけでもなさそうだった。

常連と言っても、約束も決まり事もない。お客はいつだって自由で、何年続いた関係だろうと、ある日ぱったり来なくなったらそこで終わり。それでも、どんなに淡い繋《つな》がりで、入江にとってはただのバイトだろうと千星には特別な場所だ。

「千星さんさ……」

「うん?」

「入江さんの個展、今月下旬からだったよね。俺も一緒に行っていい?」

「え……」

「あー、一人のほうが落ち着くとかだったら、全然俺は遠慮するけど」

鞄《かばん》を肩に引《ひ》っ提《さ》げ、両手をコートのポケットに突っ込んだ抱井は、やや前のめりになりながら歩く。入江からもらったチケットを破ったのは千星自身であるにもかかわらず、抱井はあれからすぐに新しいものをプレゼントしてくれた。

『同じじゃないけど』と言って。

入江のくれたチケットの代わりにはならないと言いたかったらしいけれど、千星は『同じじゃなくていい』と思った。

抱井がくれたものであることが嬉しい。

今も一言も入江の話なんてしていないのに、抱井はまるで自分の心を覗いたかのように言う。

「ありがとう。優と一緒に行きたいな」

そう応えると、前のめりの隣の顔はほっとしたように頰の筋肉を緩《ゆる》ませ、こっちを向いて笑ったから千星も少し笑い返した。

歩道が途切れて、また今度は短い横断歩道が近づいてくる。信号は青で、止まることなく歩き続けながら、千星はやっぱりなるべく白線を選んだ。さりげなく進もうと、やや不自然な歩みになるせいで体が弾むように揺れる。

「千星さんって、なんか横断歩道は楽しそうに渡るね」

「そう？　大した意味はないんだけど……」

隣を仰ごうとして、少しバランスを崩した。距離が近づき、ポケットから出した抱井の手と冷えた千星の手が触れ合う。

事故のように、手の甲《こう》と甲がぶつかり合っただけ。なのに、千星は感じた体温にびくりとなって、近づいた振り子が離れるみたいに、反対側へ身を引かせた。

「千星さん？」

抱井とはもう手の甲どころか、いろんなところを触れ合わせているのにびっくりした。

——変なの。

焦って顔を俯《うつむ》かせ、柔らかな栗色の髪を揺らしながら、千星は道路の白線に目を落とす。

「あ……」

ふと思い出した。

理由。父親がそう勧《すす》めたからだ。

子供の頃、白線を踏んで真っ直ぐに歩くと良いことがあるって。


校内で一番騒々《そうぞう》しい空間から逃れると、千星《ちせ》はほっと息をついた。

昼時は食堂も併設《へいせつ》の購買部も、朝の電車のラッシュ並みの混雑だ。体裁《ていさい》を取《と》り繕《つくろ》う相手の女子もいない男子校では、昼飯にかける勢いは凄《すさ》まじいものがある。

あまり種類は豊富でないパンの中から、千星がどうにか購入することができたのは、定番にしているオニオンとツナのロールサンドとプレーンのマフィンだ。

戦利品を手に、お決まりの場所へと移動した。

夏は裏庭、春は屋上。三年も通えば、昼の居心地のいい過ごし場所も心得ている。冬は中庭の隅だ。ずっと積み置かれている建材の鉄骨《てっこつ》はベンチにちょうどいいし、校舎にサンドイッチみたいに挟まれた空間は風もこない。昼休みはちょうど太陽も真上にあって、天気がよければ日も差してくるベストタイムだ。

パンにしろ、ピクニックみたいに外で食べたがる自分は珍しいと、いつだったかクラスメイトに言われた。

校舎の上には青い色が載っている。人工着色のソーダ水みたいな、夏を連想する薄い水色。ふと、絵に描かれたらどんな色になるのだろうと思った。絵心は皆無《かいむ》にもかかわらず、いつしか青い色を見る度《たび》にそんな風に考えるようになった。

ロールサンドを包んだラップを開け、もそもそと食べ始めると、オニオンの刺激が喉奥《のどおく》から鼻のほうへツンと抜ける。手持ち無沙汰《ぶさた》に見上げた校舎の窓に人影はない。

抱井《かかい》は昼は弁当らしいから、今頃教室だろう。

姿を見たいとは思わないけれど。

きっと食事に集中できなくなる。

最近、千星は体の不調を覚えていた。彼といると、訳もなく鼓動《こどう》が乱れたり、恥ずかしくなったりすることがある。たぶん、病気ではない。ほかの誰といても、同じような支障が起こることはないから。

恋が心拍数の上昇を伴《ともな》うものであることは、鈍いところのある千星も理解している。セックスは気持ちいいだけでなく、期待して胸が高鳴るときもあるし……それはどちらかというと、ドキドキというよりワクワクだったかもしれないけれど。

抱井とは、いつの間にかキスをしただけでも心臓の音はうるさくなった。

こんなことは初めてだ。

なんでもないことでまでドキドキするようでは、自分はどうなってしまうんだろうと思う。セックスしたら、オーバーフローで心臓がおかしくなってしまうのではないか。

ぼうっと陽だまりに視線を向ける千星は、とてもそんな心配をしているとは見えない顔をしてパンを食べる。

中庭は図書室のようにとても静かで、僅《わず》かな音さえも聞き取れた。渡り廊下の間口《まぐち》の奥から響いてくる生徒の笑い声や、誰かの鼻歌さえも。何枚もの分厚《ぶあつ》いフィルターで覆《おお》われたみたいに遠いけれど、たしかに感じるいくつもの人の気配。

カサリと落ち葉の割れる音がした。

パンを口にした千星が振《ふ》り仰《あお》ぐと、同時に右手で声が響く。

「雪野《ゆきの》さん」

呼ばれたのはたしかに自分の名なのに、知らない生徒だった。

とぼけた反応をしてしまったのだろう。少し困惑の表情になった生徒は、自《みずか》ら名乗った。

「白石《しらいし》つぐむです。一年の」

どこかで聞いたような名前だ。記憶を探れば、今度はちゃんとピンときた。

「ああ……ゆき……」

雪だるまは、さすがにないだろう。

それに、目の前の彼は雪だるまには見えない。たしかに吸い込まれそうに大きな眸《ひとみ》は印象的で、下級生らしいあどけない顔立ちをしている。けれど、赤いマフラーも首に巻いていない制服の彼は、可愛らしさよりも物怖《ものお》じしない強《したた》かさを感じた。

臆《おく》した様子もなく、白石は真《ま》っ直《す》ぐに上級生である自分を見ている。

「邪魔でしたか？」

邪魔というほどの迷惑は、まだなにもかけられていなかった。『そんなことはない』と言おうとした口はオニオンの匂いで満たされていて、パンを咀嚼《そしゃく》する千星はうまく返せずに首だけを横に振った。

「座ってるのが見えたから。時々ここで昼メシ食べてますよね」

鉄骨のベンチは千星のものと決まったわけではなく、五人は優《ゆう》に座れる長さもある。空《あ》いたスペースに目線を向けると、促《うなが》されたと思ったのか、白石は隣に腰を下ろした。

「へぇ、いいですね、ここ。静かで、結構あったかくて」

「あ、うん、そうなんだ」

縁側《えんがわ》の老人めいた会話を始めるも、恋敵《こいがたき》と茶飲み友達になりたいはずもなかった。

「なんだ……雪野さんは、俺のこと知らなかったんですね。そうじゃないかとは思ってましたけど」

白石は聞こえよがしな溜め息をついた。

寒い日であれば、吐く息の白さが目立ったに違いない大きな溜め息だ。暖かい日中では、白石の冬でもかさついたところのない柔らかそうな唇だけが目についた。

「どうせ抱井先輩と俺の手紙、読んだんでしょう？」

他人宛てのラブレターを読むのが、褒《ほ》められた行為でないことぐらいは判る。

「……ごめん。でも、わざとじゃ……」

「先輩が謝ることはないです。ただ確認しただけで……そうなるのは判ってましたから」

「……え？」

「雪野さん、十月くらいからあの人と付き合ってますよね？」

否定すべきところだったのかもしれない。けれど、突然のことに雪野はパンを持つ手を硬直させた上、眸まで瞠《みは》らせてしまった。

「『なんで』って顔してますね。判るんですよ、俺も図書室には行ってたから。あそこ静かだし、いろんなこと筒抜けじゃないですか。喋《しゃべ》らなくても、ちょっとした動きっていうか……空気みたいなのまで伝わってくるし」

図書室の静けさに、耳を澄ませているのは自分だけではなかった。千星はただ、好きな音を探して聞いていているだけだけれど、白石は得た情報を分析するらしい。

「誰が誰を想ってるかなんて、すぐ判ります。ちょっと前まで口も聞いてなかったはずの人たちが、いつの間にかカウンターでイチャつくようになったら、そりゃあなにかあったなって思うでしょ」

「イチャつくって……」

「だから、俺も本当は気持ちとか伝えるつもりなかったんですけどね。ただ、すっきりしないなぁって思ってて」

「すっきり？」

「先輩、俺ね、どうしても気になることがあるんですよね」

身を乗り出して顔を寄せた男は、眸を冬の日差しに輝かせ、殊更《ことさら》愛らしさを強調するようにニコリと笑《え》んだ。

「気になること？」

「あの人は、あなたのこと本当に知ってて付き合ってるんですか？」

「……どういう意味？」

「俺の家ね、先輩のアパートから近いんですよ。駅の裏手のほう。同じ制服だから、学校の行き帰りも目につくし、スーパーでカゴなんか持ってたらすっごい目立つし」

ご近所さんだなんて、想定外だ。

「自炊とかするマメな人なんだって、最初は普通に感心してましたよ」

「最初……？」

「……鈍《にぶ》そうだから、はっきり言いましょうか」

白石は軽く息を吸った。

「先輩の部屋って、汚部屋《おべや》ですよね」

ざっくりと傷つけるために放たれた言葉にもかかわらず、千星の反応は目を何度か瞬《しばたた》かせただけだった。

「お部屋？」

「いや、丁寧語じゃなくて……ここって、焦《あせ》るか反論するかのところでしょ。もしかして、自覚ゼロですか？　びっくりだな」

『だからあの部屋なんだ』と、白石は勝手に納得した呟きを零《こぼ》し、眉間《みけん》に手を当てる。

「汚部屋って、散らかってる部屋のことですよ。いや、散らかってるなんて生易《なまやさ》しいもんじゃない。最初は物置にでもしてるのかと思いましたからね」

「君、人の家を覗いてるのか？」

「通りすがりに見えるんですよ、先輩の部屋一階だから。ベランダに不用品……ゴミが積まれてるのも、服がカーテン代わりに窓にびっしりなのも、たまに服のカーテン開いてるかと思えば中の部屋は……」

ぐっと拳《こぶし》まで握って力説《りきせつ》されても、千星にはただ事実を告げられているだけにすぎない。

「男だし、べつにそれくらい普通じゃないかな？」

「その顔で男らしさについて語りますか」

「……好きでこの顔に生まれたわけじゃないし」

「とにかく、あの人はそういうギャップを知ってるんですか？　どうせ見た目に惹《ひ》かれて、ふらふらとあんたに『好き～』とかなんとか言い出したんじゃないんですか？」

日頃は温厚《おんこう》であり鈍くもある、場合によっては『打たれ強い』とも言える千星も、さすがにむっとした。

いくら恋敵だからといって、そこまで詰《なじ》られる謂《いわ》れはない。

「優《すぐる》ならうちに遊びに来たこともあるし、余計なお世話だよ」

「でも先輩、見た目と違ってだらしないの、部屋だけじゃないでしょ」

反論は、すっと胸に刺さる。鋭い切っ先を放った白石は、『あ』という表情を見せた。

そこまで言うつもりはなかったのか。本意でない言葉を発したらしく気まずそうに目を泳がせ、千星はその仕草のせいで意味を察してしまった。

アパートを見ていたなら、アパートに出入りする人間のことまで目にしても不思議じゃない。

抱井以外の、男のことも。

「……知ってるよ。優は全部知ってる」

「そうですか。だったら……いいんですけどね」

本当だ。嘘なんかじゃない。なのにすっきりしないのはどうしてだろう。

中庭から白石が出て行き、一人でパンを食べる作業に戻っても、元のように空を眺める気持ちは戻って来なかった。

午後の授業が始まっても、放課後になっても。気づけば空模様も、千星の重たくなった気持ちを反映するように快晴ではなくなっていて、夕焼けは分厚く空をシャットアウトする雲に阻《はば》まれた。

『雨が降りそうだから、今日は早めにバイトに行く』

学校を出てから図書室にいるはずの抱井にメールを送ると、残念に思うよりなんだかホッとした。

携帯電話をポケットに戻したのは、交差点を渡り始めたときだ。

駅までの道程にあるいくつかの横断歩道は、意固地になって白線を踏んだ。すっきりしない気持ちを打ち消すように。けれど、踏んでも踏んでも、良いことが待ち受けている気はしない。

それどころか白線の引かれていないアスファルトを踏むまいと無理をしたせいで、向かいから来た自転車に接触しそうになった。

バイト先に着くと、今度はぼうっとして、ロッカー室の先客に気づかず『わっ』となる。

ロッカー室と言っても、事務所の一角を仕切ってできた空間だ。

裏口から急に入ってきた千星に、同じくびっくり顔をしたのは、ロッカー前に一人でいた女性バイトだ。

「安森《やすもり》さん……すみません、早いですね」

「雪野くんも。あっ、着替えるなら出るけど？」

「まだいいです。荷物だけ、置かせてもらえれば」

ロッカーの扉を開きっ放しにした彼女は、内にある鏡で髪を整えていた。年上でバイト歴が長い影響か、ちらと眼にしただけでも判るほど私物で溢《あふ》れ返っている。

千星のロッカーの手前まで、紙袋が置かれていた。

「あ、邪魔になる？　ごめんね、すぐ移動するから。今日はバイト前に買い物してきて……収納グッズが欲しかったから」

「収納……ですか？」

「明日ね、近藤《こんどう》さんがうちに来るの。私、あんまり片づけ得意じゃないから、模様替えレベルで頑張らないと代わり映《ば》えしそうになくって。あっ、これ言わないでね」

「近藤さんって……キッチンの近藤さん？」

千星がまず引っかかったのは、部屋の秘密よりも、どこか嬉しそうに彼女が口にした男の名だ。

「やだ、もしかして付き合ってるの気づいてなかった⁉ みんな知ってるから、てっきり……雪野くんって、あんまり人のことには興味なさそうだもんね」

「そんなことないです」

「そう？ あ、べつに悪い意味で言ったんじゃないのよ？」

興味がないのではなく、単に察しが悪いだけだ。

全然気がつかなかった。彼女はフォローでもするかのように言う。

「でも雪野くんは、彼女とか家に呼ぶのも困らなさそうじゃない」

「え、どうしてです？」

「だって、綺麗好きそうだから。部屋なんて、いつもピシっと整ってんでしょ？ 急に人が来て焦ったりしたことある？」

言われて考えてみる。

「特に、ありませんけど……」

千星の返事に、『ほらほら～』と彼女は勝ち誇った。白石との中庭の会話をふと思い出し、『男だし、そんなに拘《こだわ》らないから』とは返せなかった。

どうやら、男でも拘りを持つのは珍しくないらしい。そういえば、抱井は自分が料理をしている間に、部屋をぱぱっと片づけてくれたりした。待っている時間が暇だから、なにかせずにはいられないだけかと思っていた。

——もしかして、優は綺麗好きなんだろうか。

今更、電流のように思考がひらめく。

恋人が家を訪《たず》ねてくるときは掃除を頑張って当然。みんないいところを見せようと、それなりに張り切るものらしい。

知らなかった。

「なんか、ちょっと久しぶりだな、千星さんの部屋」

ごくありふれたアパートの小さな玄関に懐かしさを覚えつつ、抱井は『おじゃまします』と口にしながら中に入った。人の家を訪ねたら無意識に挨拶《あいさつ》をし、靴を揃《そろ》えて上がる。自分で思う以上に育ちのいい常識人だ。

日曜日に雪野の家に行くのは、ずっと前からの約束だった。特に出かけたい場所はなく、冬の海も寒い。そもそも目的は雪野に会うことであるから、『うち、来る？　ご飯作るよ』と誘ってもらえたのは嬉しかった。

脱いだスニーカーはきっちり揃えつつも、もう右手と右足が同時に出るような緊張はない。極自然《ごく》に恋人の家を訪ねた彼氏の気分で、抱井は家に上がらせてもらったのだけれど、短い廊下を抜けてキッチンを過ぎる雪野はぽつりと零《こぼ》した。

「本当は家はどうかと思ったんだけど」

なにか不都合でもあるのかと、抱井は首を捻《ひね》った。

「どこか行きたいとこでもできた？」

「あ、そういうわけじゃなくて……大丈夫だよ、お昼の買い出しもちゃんとしてるし。今日は餃子《ギョーザ》作ろうと思ってるんだ」

餃子といえば、忘れもしない怒濤《どとう》の手作り餃子だ。日頃から自炊《じすい》をしていて、レパートリーが少ないわけでもなさそうなのに、また来るとは思っていなかった。

「千星さんて餃子好きなんだ？」

「……えっ、君が好きなんだと思って。美味《おい》しいって言ってたから……」

雪野は洋間の間口で足を止めると、はっとなったように振り返った。

「もしかして、ほかの料理がよかった？　ナポリタンとか……あっ、そうじゃなくて、全然違うのがよかったのかな。ハンバーグとかグラタン⁉」

やけにメニューがお子様向けなのは、たまたまか、胃袋年齢が幼いと思われているのか。少々気になりつつも、抱井はブンブンと首を横に振る。

「餃子でいい……いや、餃子がいいよ！」

餃子にしたのは、自分が美味しいと言って食べたかららしい。雪野はなににおいても、基本素直なのだ。ときにそれが目を剝《む》くような驚きを生むこともあるけれど。

「でも……」

「時間かかりそうなら、昼飯の礼に働くよ。俺はまたその辺、掃除でもして待って……」

実は最初からそのつもりでいた。気分は彼氏だけでなく、息子の家を訪ねる母親のそれだ。雪野のことだから、どうせまた足の踏み場も目のやり場にも困るほど散らかっているに違いない。

身構えつつ部屋に入り、抱井はぎょっとなった。

「どうしたの、これ……」

床が白く感じられる。埃《ほこり》や霞《かすみ》ではない。物に埋《う》もれず、クリーム色のフローリングが多く覗いているからだ。面積の割合にして、四十パーセント程度か。

しかし、片づいているかといえば、そうでもない。床は空《あ》いた代わりに、見えなくなったものがある。

壁だ。どうやら荷物を壁際に寄せて、高く積み上げているだけらしい。

「整理してるところなんだ。あ、あんまり部屋見ないでくれよ。優はなにもしないで、ここに座ってて」

恥ずかしそうに応える雪野は、抱井の視界を遮《さえぎ》るように前へ出たかと思うと、テーブルの前の四角いフロアクッションにただじっと座って待つよう促《うなが》した。真新しい爽《さわ》やかなグリーンのクッションだ。

「千星さん、なんか……今日変だよ？　嫌なら俺はなにもしないけど……そうだ、じゃあ餃子作るの手伝っていい？」

「えっ」

「一緒にやるよ。そのほうが、絶対早いし」

せっかく家まで来たのに、焼き上がるのを待つだけなのも手持ち無沙汰《ぶさた》だ。

『ね？』と目を輝かせて求める。我ながら少々気持ち悪いと自覚しつつも、『一緒に調理なんて恋人っぽいな』と悦《えつ》に入《い》ったりもした。

「優がやりたいなら、いいけど……」

料理のアシストはOKらしい。どういう基準なのか。

キッチンは狭いので、雪野がガラスボールに用意してきたタネを、部屋のローテーブルで一緒に包むことになった。皮は市販品だ。二人でやれば倍速。当然そうなるとばかり思っていた抱井だが、現実はたかが餃子といえど侮《あなど》れない。

「わっ、またっ！」

自分の不器用さを思い知る羽目《はめ》になった。教えられたとおり、濡らした餃子の端を襞《ひだ》を作りながら合わせていると、キャベツと豚ひき肉を中心とした具がはみ出してくる。右を塞《ふさ》げば左が破れ、左を封じればまた右が——

「優はタネを入れすぎなんだよ。ちょっと少ないぐらいのほうが、綺麗に纏《まと》まる」

「つい欲張ってしまって」

「ははっ、僕も最初は皮を破ってたよ」

零れそうになった具を、雪野が隣からスプーンで掬《すく》い取《と》る。

抱井が皿に一つ並べる間に、雪野は二つ。倍速どころか足を引っ張っている気がしないでもないものの、悪くない時間だなと思った。雪野の笑顔にもなんだかほっとする。

「一緒に作るって、結構楽しいかも」

「うん。優が初めてだよ。前は餃子作るって言っただけでも、『そんなのスーパーの焼くだけのやつでいいじゃん』って言われたから。時間、無駄だって……」

ほっそりとした白い指の先で、餃子の皮を寄せ合わせながら雪野は言った。『誰が』とは問うまでもない話に、抱井はドキリとなる。公園で会った男か、自分の知らないべつの人間かは判らないけれど、過去にこの部屋を訪ねたことのある男の話。

一瞬の沈黙に、雪野は餃子を包む手を止めてこっちを見た。

「あ……ごめん、今のはナシ……」

抱井の様子を窺い、楽しそうにしていた顔は色をなくす。

「なんで？」

「だって優、昔のこととか聞きたくないだろ」

「知りたいよ。俺が知らなかった千星さんの昔のことも……あんまり具体的なのは、妬《や》けるから嫌だけど」

動揺したとはいえ、余計な間《ま》を作ってしまった自分を悔《く》やんだ。それ以上、気の利《き》いた言葉も思い浮かばなかったせいで、白い大皿には互いの作る餃子が無言のうちに並ぶ。

黙々とした動きで包み続けていた雪野は、なにを思ったか突然皿を指差した。見るからにできの違う、互いの餃子を指で示して、謎の言葉を発する。

「こっちがお母さんので、こっちがお父さん……」

「え？」

「今、急に思い出したんだ。子供の頃、親も餃子作ってたの。小さかったから、断片的《だんぺんてき》な記憶しかないんだけど……母さんの作る餃子は店で売ってるのみたいで、父さんのほうはたしか丸くて、具がたくさん入ってて……お饅頭《まんじゅう》みたいで美味しそうだなって……」

記憶の細い細い糸を、心の底から引っ張り出していくみたいに、雪野は皿を見つめてそう言った。

「すごいな、今まで全然そんなこと思い出さなかったのに。母さんが餃子作ってたのも……優といると、なんかいろいろ思い出せそうな気がする」

「俺が入江《いりえ》さんに似てるから？」

「え、あっ、違うよ。そういう意味じゃ……」

「似ててもいいよ。なんでもいい、俺で千星さんの役に立てるなら」

やせ我慢なんかではないつもりだ。

好きな人の前で格好《かっこう》つけたい気持ちはあるかもしれないけれど、雪野の助けになりたいと今は思う。

「優……ありがとう。けど、もしかしてチケットのこと、まだ気にしてたりする？」

「気にして……なくはないけど、それとはべつだよ」

奔放《ほんぽう》さの裏にある、雪野の寂しさをきっと知ってしまったからだ。守りたいだなんて、一個とはいえ年下で、まだ未成年の自分が思うのはガキっぽい理想かもしれないけれど。

雪野ははにかんだ。

「実はさ、個展は二十二日からだから、できれば初日に行きたいと思ってるんだけど。花とか持って行ったら変かな？」

「花？　べつにおかしくないと思うけど」

入江海《いりえかい》クラスの画家ともなると、個展の開催など珍しくもないのだろうけれど、祝い事には違いない。なにを躊躇《ためら》う必要があるのかと思えば、雪野はややトーンの落ちた声で説明した。

「でも、僕が持って行くのは不自然じゃない？　ただのレストランのバイトなのに……あの人には知られたくないんだ、息子だってこと。変な気を使わせたくないし。母さんや義父《とう》さんにも、こそこそ会ってるとか思われたくないしさ」

「千星さん……」

いろいろと雪野は頭を悩ませているらしい。

「じゃあさ、花は俺と一緒に持って行けばいいよ」

「え？」

「二人で用意したことにすればいいでしょ。俺が入江さんのファンなら、持って行っても自然じゃない？」

「あ……そっか、優って頭いいね！」

雪野の眸《ひとみ》が輝いて見えた。ストレートに褒《ほ》められて照れくさい。けれど、軽口《かるくち》だろうと些細《ささい》なことであろうと、好きな人に称賛《しょうさん》されれば舞い上がるのも単純な男の性《さが》で、隣の綺麗な顔を見つめ返す。

——可愛いな。

一瞬でそんなことを思った。

目が合うと、もっとその顔を近くで見たくなってしまい、無意識に身を乗り出す。近づいた分だけどういうわけか雪野が身を引いて、蜃気楼《しんきろう》のように笑顔が遠退《とおの》く。

「つ、作り過ぎちゃったかな。そろそろ焼いてくるね」

餃子が気になるのか、立ち上がろうとする雪野の服の袖《そで》を摑んだ。人は逃げられると追いたくなるとはよく言ったもので、するりとキッチンへ消えてしまいそうなその身を捕らえようと躍起《やっき》になる。

「千星さん……」

キスがしたくてもっと大胆に顔を寄せると、雪野は観念したみたいに薄い目蓋《まぶた》をゆっくり下ろした。

そっと啄《ついば》む。最初はおっかなびっくり、電線に並んだ鳥がくちばしを触れ合わせるみたいなキスだったけれど、すぐにもっとちゃんと感触を確かめたくなる。

クラクラする。可愛いな、嬉しいな。もっと触りたい。柔らかな桜餅《さくらもち》でも押《お》し潰《つぶ》しているみたいな雪野の唇。その奥の淫《みだ》らによく動く舌や、体温のことも。もっと知りたい。

「すぐ…っ……」

『優』と名を呼びかけた雪野の唇を強く塞《ふさ》ぎ、二の腕の辺りを摑み直して、ぐいと押した。

床に転がした細い身に体重をかけ、無遠慮に足の間に膝《ひざ》をつく。抉《こ》じ開《あ》けるように身を重ね合わせながら、ニットの襟口《えりぐち》から伸びた白い喉元《のどもと》に食らいつこうとした瞬間、衝撃が身を襲った。

喉元をぐいっと両手で押し上げられ、気道《きどう》を圧迫《あっぱく》された抱井は『うぐっ』と呻《うめ》きを発する。

「だめっ！」

拒《こば》む声を聞いても、なにがなんだか判らなかった。

「……へ？」

「きょ、今日はダメだから」

怯《おび》えたような目で見返され、はっきりとそう告げられても、なにが起こったのか理解ができない。

相手はあの雪野だ。

「千星さん、どうし……」

どうしたの？

でっかい隕石《いんせき》でも落っこちてきたみたいな状況に、呆然《ぼうぜん》となった。

もしや、ハライタ？　そうだ、そうかもしれない。

そのくらいしか納得できる理由も思いつかない貧困《ひんこん》な頭を抱えつつ、身を起こした抱井はふと壁際に目を留めた。

ベッドの向こう側の、この部屋では唯一の常にすっきりとした壁に貼られていたものがない。

腸管《ちょうかん》のようなマス目がうねる、手作り感いっぱいの紙。セックスを楽しみにしていた雪野が作ったアレだ。

「ち、千星さん、あの紙どうしたんですか？　ほら、あそこに貼ってた……」

雪野からは、喉元への一撃より強烈なひと言が返ってきた。

「……いいんだ、あれは。もうそういうの、しないから」

「それは、あれだな……」

曇《くも》りガラスを息づかいで一層曇《いっそうくも》らせた友人の言葉を、抱井《かかい》は反射的に遮《さえぎ》った。

「もういい」

「おいおいおいおい、俺はまだなんにも言ってないぞ」

「おまえの忠告だかアドバイスだかなんて、ロクなもんじゃないに決まってるからいい」

本能が益本《ますもと》の進言《しんげん》を拒《こば》んだ。

昼休みもまもなく終わろうという午後。廊下の先からは騒がしい男子校の日常が、ざわめきや誰かの奇声じみた笑い声で伝わってくるも、各教室から離れた第二理科実験室の前は今日も人気《ひとけ》がない。

しかし、抱井にとって癒《いや》しのスポットであるはずの場所も、益本に知られてしまったがために一人で物思いに耽《ふけ》ることはままならなくなってしまった。おかげで、『なんで来んだよ』『どこに来ようが俺の勝手だ』なんて不毛《ふもう》な押《お》し問答《もんどう》のあげく、一人になりたい理由をうっかり話してしまう始末。

悩みがあるからだ。雪野の様子が明らかにおかしい。日曜から五日、図書室にも一度顔を出しただけで、バイトがある日もない日も急いで帰っていくし、なによりデートで雪野からセックスを拒まれるなんて珍事――

にわかに発生した悩みは、どうやら益本の好奇心と、ありがた迷惑な親切心をいたく刺激してしまったらしい。

「友達なら最後までありがたく聞けよ。それともあれか、おまえは恋人ができたら途端に性格まで変わるような奴か？　いるよなぁ、そういうタイプ。急に付き合い悪くなって、約束はすっぽかすわ、メールの返信は遅くなるわで……」

「誰が、いつ約束すっぽかしたよ。判ったよ。聞くよ、聞かせてもらいます」

抱井にとっては一大事、解決できるものなら一刻も早くしたいのは山々だ。益本は『よろしい』とばかりに頷くと、無言で指を動かした。

曇りガラスに鉄骨《てっこつ》の断面のようなマーク。

アルファベットのHともいう。

「これだ、エッチがヘタ」

聞くんじゃなかった。

一秒とかからずに即断《そくだん》した抱井の脳は、益本を睨《にら》みつけるよう眼球に命じ、右手は拳《こぶし》を作ってアルファベットをぐいと拭《ぬぐ》い去《さ》る。

「冗談で言ってるんじゃないぞ～。相性ってのは大事なもんだ。ほら、夫婦の離婚原因の上位にも性の不一致は入るって言われてるくらいで……って、結婚してないし、する予定もないか」

「……なくても、真面目に付き合ってるつもりだよ、俺は」

雪野とずっと付き合いたいと、今は本気で考えている。

家には頼もしい兄がいるから、跡取りを求められる心配はない。ガーデニングが趣味の母親に、ご近所さんとの雑談ついでに、「男子校なんて入れたもんだから、女の子に免疫《めんえき》がなくって～」なんて結婚もできない理由を語られるのはちょっと嫌だけれど、それくらい我慢できる。

窓ガラスに押しつけた拳をじっと見つめる抱井に、なにを思ったか益本はポンと制服の肩を叩いた。

「しょうがないさ、あっちはあんな顔して肉食で、おまえはジンベエなんだから。交尾《こうび》のやり方だって違って当然だろ」

「……おまえ、ジンベエザメの交尾、どうやんのか知ってんのかよ？」

「え？」

「なぁ、どうなんだよっ？」

「しっ、知らねぇけど……」

ぐいとにじり寄って見下ろす抱井の低くなった声に、怒らせたと感じたらしい男は仰《の》け反《ぞ》るように身を引かせた。「おっかねぇなぁ」と呟かれ、抱井はため息をつく。

「いいんだよ。そういう理由だったら、まだ……」

男の沽券《こけん》には関わるけれど、半分童貞で雪野とは経験値の違い過ぎた始まりからすれば今更だ。それより、急に様子がおかしくなったのは、やっぱりアレのせいじゃないかと疑ってしまう。

「返事、まだできてないんだよな」

あの手紙の返事を抱井はまだしていない。あれから白石《しらいし》は図書室に来ないし、手紙には電話番号やらメアドが記《しる》されていたわけでもない。まさか一年の教室に押しかけるわけにもいかず、抱井は実のところ困っていた。

返事はいらないなんてあるのか。ふざけるタイプには見えなかったけれど、もしかしたら悪戯《いたずら》だったって可能性も――

「白石って一年のことなら、気づかないおまえもどうかしてる。いつもお熱い眼差《まなざ》しで見てたってのにな」

「えっ、そうなのか?」

益本にそれほどの洞察力《どうさつりょく》があるとは知らなかった。部活をサボって顔を出すといっても、毎日来ていたわけでもない。

「おまえは鈍《にぶ》いんだよ。ていうか、雪野先輩しか眼中になかったから、見てなかったんだろ。恋は盲目《もうもく》って言うもんなぁ」

ニヤと笑われ、結局からかわれる羽目《はめ》になる。

――このキツネ目男め。

「まぁ、あんまり深く気にするなよ。早く餃子《ギョーザ》パーティやりたかっただけかもしれないだろ」

「……あの千星《ちせ》さんが、エッチより餃子優先するとかあるもんか」

力強く言うのもどうか。

「ははっ、それもそうだ」

あっさり肯定されると、それはそれでムッとくる。抱井のもやもやを微増《びぞう》させただけに過ぎないのを知ってか知らずか、隣の男は睨《にら》み据《す》えても涼しい顔して窓越しの中庭をじっと見下ろしていた。

「あー、そんじゃ、俺はお先に」

急に引き際もよく益本は立ち去り、抱井はようやく一人になった。

「…今日も来ないつもりなんだろうな」

ゴッと鈍い音を立て、ガラス窓に額《ひたい》を押しつける。

金曜の今日もバイトのはずだが、雪野が図書室に寄らない可能性は高い。週末はデートの約束をしていたけれど、それだってメール一つで断られるんじゃないかとヒヤヒヤしている。

案外、心配性だったんだと、また知りたくもなかった自分の一面に気づかされる。

見下ろした曇り窓は、さっき抱井が拳で拭ったせいで水蒸気が崩落《ほうらく》を起こし、雫《しずく》が幾重《いくえ》にもサッシの窓枠《まどわく》に向けて流れていた。

「そういえば、あいつなに見てたんだ……」

そのまま窓の外に目を向けた抱井は、益本の見ていた辺りを覗き込み、動くもののない中庭の景色にはっとなる。

人も寄りつかなさそうな一角。中庭の隅に持て余したように積み置かれた建築資材に、腰をかけた生徒の姿があった。

「うそ……」

驚きに声を漏らした抱井は、飛ぶ勢いで階段を下り、中庭へ向かった。

ここであったが百年目、なんて恨《うら》みはべつにないけれど、捕まえてしまわねばと昇降口《しょうこうぐち》から飛び出しその姿を求める。

今日は天気がいい。白い小作りの顔を手持ち無沙汰《ぶさた》に向かいの校舎の上の青空に向け、制服姿の男はなにか食べていた。購買部で売っているパンらしい。

「白石！」

声をかけると、ぼんやりした眼差しでこっちを見る。

印象的な大きな目を瞠《みは》らせた白石は、驚きにパンを大きな塊《かたまり》のままゴクリと飲み込んだようだ。

「か、抱井さん」

ちょうどいいベンチ代わりに、建材の鉄骨に腰をかけた白石の元へ近づく。このままうやむやになってしまうかに思えた問題が、ようやく果たせそうだ。

「やっと見つけた、ずっと探してたんだよ。おまえ、図書室にも来ないし」

「……俺はべつに話すことはありませんから」

ラブレターを書いた人間とは思えない素《そ》っ気《け》なさだ。人に難題を与えておいて、こっちは回答を待ってもいなかったのか。

「あんな手紙書いておいて、それはねぇだろ。悪戯かよ……つか、もしかしておまえが書いたわけじゃ……」

「なっ、悪戯であんなもの書くわけないでしょう！」

他人が白石の名を騙《かた》って悪戯をした可能性もあるかと思ったのだけれど、この様子ではどうやら手紙は本物であったらしい。

語調を荒げて肯定した男は、次の瞬間にはきまりの悪そうな顔になる。

「あれは、ただ伝えておきたくなっただけなんで。答えなら最初から知ってました。自分の独《ひと》りよがりだって……だって、先輩は俺の気持ちも全然気づいてすらいないのに、どうにかなるわけないでしょ」

白石の手の中のパンの袋がくしゃりと音を立てた。小柄な男が顔を俯《うつむ》かせれば、見下ろす抱井の目にはその茶色い髪の後頭部と、制服のブレザーの襟《えり》から伸びた異性のように細いうなじが目に映る。

「白石……」

「気にしないでください。もういいです。先輩のことはちょっといいなって思ってただけですから」

同情はいらない。まるでそう言いたげな声が返ってきた。

あどけなく可愛らしい印象の容姿に反して気は強いのかもしれない。大胆にも、本に挟んだラブレターを同性の上級生に送ったりするくらいだ。

人は見かけによらない。

まるで誰かのようだと思う。

「……そっか、判った」

抱井はそう応えるしかなかった。ちょうど午後の授業の予鈴《よれい》が鳴り、その場を離れるタイミングも得て、正直ホッとした自分がいた。情けない。探しておきながら、気の利《き》いたことも言えやしない。結局、相手の諦めに乗っかっただけ。

昇降口から入る間際に振り返ると、白石は元どおりに校舎の上の空を見上げていた。

なにを考えているのか。名残惜《なごりお》しげに見送られるよりも、一層その姿は寂しげに映り、罪悪感のようなものが胸に去来《きょらい》する。ほんの僅《わず》かな会話を交わしただけでも、それは微《かす》かな痛みを伴《ともな》った。

自分は雪野しか見ていなかった。だから白石の存在はよく知らず、見られていることにも気持ちにも気づかずにいた。

――どうして雪野だったのだろう。

今更そんなことを考える。

女っ気《け》のない男子校で見つけた、異性のような存在。雪野に惹《ひ》きつけられたきっかけは、中性的な容姿のせいだと思っていたけれど、それなら白石だって同じだ。

岡辺《おかべ》のように可愛い下級生を意識したっておかしくないのに、自分にまるでその気はなく、最初から雪野しか目に入らなかった。

抱井は教室へ向かって階段を上り、頭上を仰いだ。踊り場の窓から、光が零《こぼ》れる。

脳裏《のうり》に描く図書室の雪野はいつも横顔で、窓際に座っている。大判《おおばん》図書の絵画を見つめる、あの儚《はかな》げな横顔。

今はその理由を知っている。見た目に反してなんかいない。あの絵を眺めるときの寂しげな表情は、本物だった。

踊り場の陽《ひ》だまりの中を過《よ》ぎりながら、抱井は思った。

もしかして、自分は雪野の外見に惹かれたわけではないのかもしれない。

良いことも悪いことも、気がかりなことがあると、時間は遅々《ちち》として進まないものだ。

「優《すぐる》、あなた明日はお昼いらないって言ってたわよね？」

夜、階下でコーヒーを淹《い》れていると、キッチンにいた母親が食事について確認してきた。

「ああ、うん……約束あるから」

「なに、またデートなの？　今度はよさそうなお嬢さんなの？　家に連れてくればいいのに。まだ早すぎるかしらねぇ」

母親はあれこれと想像と希望を巡《めぐ》らせるも、無言でインスタントコーヒーにケトルのお湯を注《そそ》ぐ息子はまるで聞いていない。

明日の約束まで、あと半日と少し。昼の雪野との待ち合わせまで、二十四時間も残されてはおらず、寝て起きればすぐの長さだというのに、そわそわと気になって落ち着かなかった。

雪野からは、特に連絡もないままだ。

スプーンも使わずに淹れたコーヒーを一口飲んだ抱井は、『薄い』と感想を抱き、同時にぷっつりとなにか心を繋《つな》ぎ止めていたものが切れた。

「出かけてくる」

湯気を上げるマグカップをダイニングテーブルに置くと、独り言のように口にする。

「えっ、ちょっと優、もう十時過ぎよ⁉」

「大事な用、思い出した」

「用って……ま、待ちなさい！」

慌てて洗い物の手を止め、息子を呼び止める母に、リビングでテレビに顔を向けたままの父親は、なにもかもを見通したように言う。

「いいから、放っておけ。あの年頃にはいろいろあるもんだ」

いつかも聞いたようなやり取り。

ああ、あるとも。できたとも！

大事なものが、十七歳の抱井にもできた。

常識人ばかりではいられない。着替えてコートを羽織《はお》り、マフラーを引《ひ》っ摑《つか》むと、常識の枠《わく》から飛び出すように勢いよく玄関ドアを開けた。外は空気が冷たい。けれど、冬の寒気《かんき》も気にならないほど、早く行きたいと思う場所が今の抱井にはあった。

もうすぐ、雪野のバイトも終わるはずだ。鳴らない携帯電話をコートのポケットの中で握り締め、アパートを目指して電車に乗った。

ドア脇に立つ。金曜の夜の電車には、残業でお疲れ顔のサラリーマンや、飲み会帰りの者たちが、雑多《ざった》に詰め込まれている。ほんの一時前まで家でコーヒーを飲んでいるはずだった抱井には、電車の揺れに合わせてシェイクされる温《ぬる》く淀《よど》んだ空気は、どこか非現実的だ。

体は電車に、心は誰かに会いたいという気持ちに揺さぶられる。

通い慣れた学校の最寄《もより》駅で電車を降りると、裏手の雪野のアパートへ続く道を歩いた。夜も更《ふ》けた街は、通りも公園も、住宅街に建ち並ぶ家々もみな静かで、窓に灯《とも》ったそれぞれの明かりだけが中で過ごす人の存在を知らせる。

雪野のアパートの部屋はまだ暗かった。

携帯電話で確認した時刻は十一時で、まもなく帰ってくるだろうと、駐車場の狭い植込みのブロックに腰を下ろした。

待ち人はなかなか帰らない。マフラーを首にしっかり巻きつけ、顎《あご》まで引き上げても寒さはしんしんと身に迫《せま》ってくる。ブロックの冷たさが、浸透圧《しんとうあつ》でもあるかのように尻から身に染みた。

天頂《てんちょう》付近で眩《まぶ》しく輝く月が、駐車場に並んだ軽自動車のフロントガラスに反射している。待ち遠しさと不安はいつの間にか通り過ぎた。待つ行為に慣れたのか、寛《くつろ》いだ気分さえ芽生《めば》えてきた頃、路地の先から近づく人の気配を感じた。

今まで行き過ぎた通行人とは違う気配。ざわざわと鳴る妙な音。必要以上に存在を知らせながら接近してくる人影は、巨大な白いレジ袋を右手に提《さ》げた雪野だった。

歩みに合わせて鳴る音を、当人は気にした様子もない。意識する気力もなさげに歩く顔は俯いていて、抱井は目の前まで迫ってようやく意気消沈《いきしょうちん》したその様子に気づいた。

「千星さん」

声に顔を上げる。

「……優？」

愛想笑《あいそわら》いくらいは見せてくれるのかと思いきや、まるで抱井の姿を目にしたのをなかったことにするかのように、さっと過ぎって自分の部屋へ向かった。

「千星さん、ちょっとっ……」

「なんで？　約束、明日なのに」

「ごめん、会いたくなって……迷惑ならすぐ帰るし、ただ顔見ておきたかったっていうかっ……」

我ながらカッコ悪い。でも、カッコつけるより会うのを選んだ。無視して部屋の鍵を開けようとする雪野を阻《はば》もうとした弾《はず》みに、二人の間で揉《も》まれたビニール袋がまた大きな音を立てる。なにか嵩《かさ》の張るゴツゴツしたものが中には入っていて、抱井の脇腹を何度も小突《こづ》いた。

「千星さん！」

「ダメなんだ」

「え……？」

「まだ終わってなくて……終わる気もしなくて、優がしてくれたみたいに、ならな……」

「うわっ、千星さんっ！」

ふらりと紺色のコートの身が傾《かし》いで驚く。

学校帰りにそのままバイトに出たらしい雪野は制服姿で、咄嗟《とっさ》に抱き留めた身は細いだけでなく、やけに軽い。

華奢《きゃしゃ》とはいえ、前からこんなに痩せていただろうか。

疲労困憊《こんぱい》。そうとしか思えない有り様《あさま》に、なにがあったのかと訝《いぶか》りつつも、その場にへたり込んでしまいかねない雪野の腕を取った。

「だ、大丈夫ですか？」

拒否する気力もなさそうだ。こくりと一つ頷いただけで、抱井の手を大人しく借りる雪野は、そのまま鍵の開いたドアの向こうに入る。勝手を知らない玄関で抱井は明かりのスイッチを探り、靴を脱がせて部屋へ連れていった。

自室へ辿《たど》り着《つ》くと、緊張感から解放されたのだろう。自立できない布切れかなにかのように、雪野はその場にへなへなと座り込み、さらには傾《かし》いで床へと転がった。それでもしっかりと取っ手を握り締められたビニール袋だけが、またガサガサと耳障りな音を響かせる。

なにが入っているのかと覗き込むまでもなかった。転がった拍子《ひょうし》にいくつかの中身が飛び出していた。

「……プラケース？」

なんの変哲《へんてつ》もないプラスチックのケースだ。半透明のボックス、Ａ４サイズのラック、トレーのようなものもある。

「もう……むり」

雪野の口からは息も絶え絶えの声が零れ、跪《ひざまず》いた抱井は慌てて声をかけた。

「ち、千星さんっ！」

肩を軽く揺すってみる。目蓋《まぶた》を落としかけた頬に大きな手のひらを添わせると、雪野はそっと冷えた手を重ねてきた。

目が合う。見つめ返してくる顔は、微かな苦笑をその唇に浮かべ、絞《しぼ》り出《だ》すような声を発した。

「す、すぐる……」

「なにっ、千星さん？」

「優は……テトリス、得意？」

一字一句聞き逃すまいと、真剣に言葉を聞き取り、そして僅《わず》かな間ののち首を捻《ひね》った。

「……へ？」

てとりす……ってなんだ。

ロシア発の落ち物パズルゲームのことなら知っている。しかし、このタイミングで言う単語じゃないだろう。

「テトリスって……」

謎の言葉を告げた雪野はといえば、満足したように安らいだ顔をして目蓋を閉ざしている。

どこかのマイナー画家の名前か、はたまた外国語、『テ・トリス』だったりするんじゃないのか。

いや、今わの際《きわ》でさえ、あまりにくだらない……取るに足らない言葉を言い残す人も珍しくないという。誰もが家族と手と手取り合い、『今までありがとう』なんて、この世のフィニッシュに相応《ふさわ》しい言葉をドラマのように言えるわけじゃない。

いやいや、それにしても——

「千星さん、大丈夫ですか？　千星さんっ、起きてくださいっ」

気を失ったかのように意識を手放した雪野は、心配する抱井の声に、また唐突にぱちりと目蓋を起こした。

「……あ」

「よかった、なにかあったんですか？　バイトで問題でも……外人の客に嫌がらせでもされたんですか？」

現実に引き戻されてしまったとでもいうように、雪野は眉尻を下げた哀しい顔になる。

「掃除が終わらないんだ」

「……は？」

「あれからずっと片づけてるんだけど、上手《うま》くいかなくって……今日はバイト前に、百均で収納グッズも買ってきたんだ。でももうなにをどうしたらいいのやら……」

床に飛び出したプラケースに目を留めた。

「……もしかして、掃除？　ずっと片づけって……」

まさか、掃除のために図書室にも寄らずに帰っていたのか。

しかも、雪野には無謀《むぼう》だったらしい。

テトリス。部屋をぐるりと見回した抱井は、ようやく納得した。部屋の壁際に積み上げられた荷物が、まるでテトリスのようである。前回目にしたときと大した違いを感じられないけれど、なにか努力のあとは窺《うかが》える。どうにかブロックを消そうと、右へ左へ四苦八苦《しくはっく》して動かしたあとだ。

「なんで急にこんなこと」

「お部屋だって、白石くんに言われて」

「……お部屋って、汚部屋《おべや》？　あいつ、千星さんにそんなこと……つか、なんでこの部屋のこと知ってんです？」

「近くに住んでるんだって」

「いつ話したんですか？　俺ははっきりさせておこうと思って、今日やっと昼休みに捕まえたんだけど」

断る前から、もういいのだと言われてしまったことを告げると、雪野は『僕も聞いた』と頷いた。

「ごめんね、結局片づかなくて……」

「謝るの、そこじゃないでしょ」

「ごめん……」

「本当に判ってますか？　どうせなら、俺を放っておいたこと謝ってくださいよ」

「優……」

見上げてくる眸を見つめ返す。

「俺がいつ部屋のことなんて気にしましたか」

最初だ。あれほど驚き、盛大《せいだい》に引いておきながら変わり身が早すぎるものの、とりあえず今の抱井にとっては本当にどうでもいいことだった。

そっと距離を縮《ちぢ》める。雪野がスイッチを入れられたみたいに目蓋を落としたので、引力に惹かれるまま唇を触れ合わせた。

久しぶりのキス。しっとりと口づけをかわし、うっとりと官能の世界へダイブしようとしたまさにそのとき、身に衝撃が襲った。

「……やっぱりダメ」

幸せから一転、ぐいっと闇雲《やみくも》に喉《のど》や顔を押し返されて、抱井は呻《うめ》き声《ごえ》を上げる。

「なんでっ……」

またも、あんまりなタイミングに、抱井は喉元を押さえて苦しげに噎《む》せ、涙目で雪野を見下ろそうとしてさらに『うっ』となった。

腕の下の雪野は、まるで怯《おび》えたように竦《すく》ませた身を震わせている。

こんなのは反則だ。

「……どうして？　疲れてるなら……」

上手くいかずに気落ちしただけでなく、連日のテトリス……片づけに没頭《ぼっとう》しすぎた雪野が、疲労しているのは事実だ。『疲れた』と言われたら、諦めるしかない。零《こぼ》しそうになる溜め息をぐっとこらえる抱井の身の下で、雪野は首を左右に振った。

「違うんだ。変になるから」

「……ヘン？」

自《みずか》ら手を押し当てたのは、胸の上だ。

「うん。優といると、最近この辺がうるさくなってばかりなんだよ。心臓、ドキドキしてさ、どうにかなっちゃうんじゃないかって……」

『恥ずかしいし』と小さな溜め息まで零す雪野は、どうやら大真面目だった。最後にセックスしたときもやたら恥ずかしがっていたけれど、まさかこんな副作用があるとはだ。あのとき、『可愛いなぁ』なんて抱井はのん気に興奮していたというのに。

近頃、雪野が上級生とは思えないときがある。たった一つの年の差でも前はずっと大きくて、高嶺《たかね》の花という言葉の似合う先輩であったはずが、今はひどく可愛く思える。

——困った。

顔がニヤけてしまいそうだ。

抱井は懸命に男前を維持《いじ》しつつ、双眸《そうぼう》だけを細めた。引き寄せられるように顔を覗き込めば、身構える体が硬直する。

そろりとした声で尋ねた。

「……ね、ドキドキしたらだめなの？」

「え、だって……」

「俺も千星さんといたら心臓変になるよ。けど、それって恋愛してるってことでしょ。前に言ったやつ、ほら……俺は順番守りたいってさ。ドキドキしたいからって」

「甘酸《あまず》っぱいドキドキ？」

「……いや、細部は忘れてほしいんだけど」

真冬でもなかなか体感できない震えが来てしまいそうな、恥ずかしい言葉。思い出すと死にたくなる。

「とにかく、これが恋なら普通なんだって。俺は千星さんが好きだし、千星さんも……俺のこと、好きでいてくれるなら」

「けど、本当に尋常《じんじょう》じゃないんだ。近づいただけでドクンってなるし、キスしたらもう心臓バクバクで、えっと、さっき左心室《さしんしつ》出て行った血がもう右心房《うしんぼう》に戻ってきたみたいな？」

「それはすごい心拍数《しんぱくすう》だね」

どうにか説明しようとする雪野が微笑《ほほえ》ましい。くすりとした笑いを零してしまい、むっと吊り上がりかけた柳眉《りゅうび》に唇を押し当てる。

「じゃあさ、千星さんのペースでいいよ?」

「……僕の?」

この体勢が余計に脅《おびや》かすのかもしれない。戸惑う雪野の手を取り、身を起こす。二人して向き合えば、体格差もさほど感じられなくなり、抱井はそっとねだるように言った。

「キスしてくれる?」


千星《ちせ》はセックスが好きだけれど、最初のセックスはあまりいい思い出ではない。千星はその男が好きじゃなかったし、後になって思えば、向こうもそんなに自分のことを好きではなかった。

塾の夏期講習の先生だった。たしか、バイトの大学生だったと思う。

両親は小学校に上がってすぐに離婚し、母はしばらくして会社員の義父と再婚した。弟が生まれると家は育児一色で、千星が褒《ほ》められるのは得意だった理科の点数と、大人しくて手がからないことだけになった。母の腕にはいつも弟の姿があった。

誰も自分を抱きしめない。誰かに触れられることはない。当たり前だ。もうすぐ中学生になるし、弟みたいに小さくはないのだから。

家のどこからか聞こえてくる声は、いつも弟の名前だ。たとえ小さくても、自分は弟のようには抱きしめてもらえないかもしれない。その考えは、冷蔵庫の扉のポケットに刺さったままの飲料みたいに、思い出さなくとも千星の頭の隅にいつも存在し続けた。

そして、中学三年の夏。男に触られたとき、最初は嫌だったけれど、人の体温だと思ったらなんだか嬉しかった。小さな子供じゃなくても人は触れ合うし、自分に触れたいと思う人もいる。

セックスは繰り返すうちどんどん気持ちよくなって、快感を覚えたら、今度は最初のきっかけはどうでもよくなった。人肌の安堵感《あんどかん》や、必要とされることへの喜び。いつの間にかそれらも忘れて、冷蔵庫のポケットに入り込んだ。

でも、抱井といると違う気がする。

ポケットに刺さったものを思い出す。

「優《すぐる》、じゃあ……目を閉じてくれる？」

キスが欲しいと言われて、嬉しくなった。

頷いた抱井《かかい》が軽く目蓋《まぶた》を落とすと、それだけでまた鼓動《こどう》が早まったけれど、その先の心配事よりも嬉しさが勝《まさ》った。

やっぱり、自分もキスしたい。もう心臓止まっちゃってもいい——なんて、ロマンチックなのかヤケクソなのか判《わか》らないことを思い、両手を床についた千星は勢いをつけ顔を近づける。

反射的にぎゅっと目を閉じたものの、的《まと》はちゃんと捕《と》らえた。柔らかい。抱井の唇の感触にまた胸がトクンと鳴る。無意識に呼吸を止めてしまい、そっと離れた千星は震える息をついた。

「……キス、したよ？　もっと……する？」

欲しがっているのは抱井のはずなのに、震える語尾《ごび》は自分が求めているように思えてならない。

「……うん、する」

短い返事を聞き終える前に、また唇を押《お》し潰《つぶ》してしまっていた。

ちゅっちゅっと、次第に音が鳴る。何度も繰り返せば、抱井も熱っぽい吐息を漏らし始め、熱の源《みなもと》を求める千星は薄い舌を伸ばした。

一度深くなってしまったキスは後戻りはできなくて、生き物みたいに舌をくねらせて出し入れする。奥に触れたいといっぱいに伸ばすと、戯《たわむ》れにきゅっと吸われ、ぶるっと体の芯《しん》のほうまで震えが走った。

音が立つほどに互いを貪《むさぼ》り合《あ》う。舌だけじゃない。ダイレクトに熱を感じる口腔《こうこう》の粘膜《ねんまく》も、タイルのように並んだ歯列《しれつ》も。全部なぞって確かめ、息が上がる。

「すぐ…るっ……」

唇を離すと、さっきまでクリアだった視界が、輪郭《りんかく》を滲《にじ》ませたように曖昧《あいまい》に感じられた。自分の眼差《まなざ》しがとろりと緩《ゆる》んでいるのを感じる。

濡れ光る唇を見たら、また欲しくなった。

「んぅ…っ」

身を乗り出して、しつこく吸いつく。

「ち、千星さ…んっ……」

戸惑った声を上げる男の唇を食《は》んで貪《むさぼ》る。どんなに激しくしても、口づけだけでは足りなくなっているのに気づいた。呆れて引いてしまったのか、『千星のペースで』と言った手前か、抱井は積極的に来ようとはしない。

唇を離してしまえば、床の上で僅《わず》かに重なり合った指先だけが、互いの体温を知るすべてになる。

「……ね、触ってもいい？」

千星は懇願《こんがん》するように言った。

「……いいよ？」

『どこに？』とは抱井は問わなかった。

こんなことも初めてではないのに、まるで千星の経験値は後退《こうたい》でもしてしまったみたいで、やっぱり胸は怖いほどに高鳴る。

指先で触れた抱井のコートはまだ冬の夜気が染みつき、冷たく感じられた。モッズコートの閉じたファスナーを下ろし、その身に触れる。腰の中心は服の上から触れても判るほど兆《きざ》していて、ほっとすると同時に嬉しくなった。

「優の、もう勃《た》ってる」

うっとりと呟いて指で揉《も》み込《こ》むと、息を飲んで喉《のど》を鳴らせた抱井は、少しぶっきらぼうな口調で応《こた》える。

「……千星さんが、エロいキスすっからだよ」

「エッチなの……嫌い？　もっと、したらダメ？」

『ダメじゃない』と言われて、欲求のままに行動を移した。

コーデュロイのパンツのファスナーも下ろしてしまいながら、その場に身を屈《かが》める。一度箍《たが》が外れると、どんどん欲しくなった。下着をずり下げて、露《あら》わにした抱井のものはもうキスで昂《たか》ぶりかけている。指で揉み込めば坂道を転がるように快楽に飲み込まれ、一気に形を変える。

「……うれしい」

千星はたどたどしいような声を漏らし、躊躇《ためら》いもなく先端に唇を押し当てた。ぴくんと反応して、跳ね上がる抱井の性器が愛《いと》おしい。茎《くき》の根元から、括《くび》れのほうまでしっかりとした強さで撫でさすりながら、つるりとした亀頭《きとう》を咥《くわ》え込《こ》む。

「……んっ、うう…んぅっ……」

ズッと唇を動かした傍《そば》から、口腔《こうこう》の圧迫感は強くなった。抱井のそれは大きくて、幾度も摩《ま》擦《さっ》しないうちに千星の目には涙が滲《にじ》んだが、構わず飢《う》えたようにしゃぶりついた。

「ち、千星さ…っ……」

抱井の声は途切れ途切れになる。『はぁっ』と深くついた息が、感じてくれているのを千星に伝える。

「気持ち、い……？　優、もっと……」

セックスは好きだけれど、口でするのは本当はそんなに好きじゃない。相手に求められれば大抵拒《たいていこば》まなかったのは、期待に応えたかったからで、千星がそうしたいわけではなかった。

でも今は、自《みずか》ら望んでいた。卑猥《ひわい》に手を動かし、口淫《こういん》に溺《おぼ》れる。大きな飴玉《あめだま》でも舐《な》め溶《と》かすように頬張《ほおば》り、ぐるりと括れに舌を回して、浮いてきた先走りを夢中になって啜《すす》る。

「あ……やばい、気持ちいい…っ……」

思わず漏らされる抱井の声は、千星の下腹にまでズキンと響いた。

感じてほしい。いっぱい悦《よろこ》んでほしい。

「んっ……ぅん…っ……」

思いとは裏腹に、続けるほどに上手く飲み込めなくなった。抱井のものは嵩《かさ》を増し、硬く反《そ》り返《かえ》って千星の中への侵入《しんにゅう》を阻《はば》む。

さっきまで飲めた場所まで届かない。泣きそうになりながら淫《みだ》らな水音を鳴らし、唾液《だえき》に濡れた茎を両手で擦《こす》る。

「んん…ぅっ……」

脇から伸びてきた大きな手のひらに顔を包まれ、ぐっと深く突き入れられた。もどかしいのは、抱井も同じらしい。

「あっ、いい……」

とぷんと悦楽《えつらく》に頭まで使ったような男の声。喉奥《のどおく》まで達しそうな熱の塊《かたまり》に、苦しくて堪《たま》らないのに、床から浮かせた尻が無意識にもじりと揺れる。下着の中で布を押し上げるものが切なくて、早く解放されたいと待ち望んでいた。

「千星さん……」

物欲しげな千星の身じろぎに、抱井も気づいたに違いない。

「千星さん、ねぇ……一緒にしよっか?」

「んふっ……んあっ……」

ずるっと口腔深くから抜き出されたものに、悲鳴のような声を漏らした。

『しよう』と繰り返されると、千星は涙目で首を横に振る。どんな行為か容易に想像はつく。抱井とするだなんて、考えただけで頭も心臓も変になりそうだ。できるわけない。

「したことない?」

「ある、けど……」

問われるままに応えると、抱井は押し黙った。今のは、どうやらありのままに答えてはいけないところらしい。セックスの経験は豊富でも、恋愛の経験値は限りなく低い千星は、抱井に恋したおかげでやっとまともに学んでいるところだ。

好きになること。好きだと言ってもらえること。

それから、嫉妬されることも――

「千星さん、しよう」

「でも……」

怒ったような声音《こわね》で強く出られると、嫌とは言えない。ずるいと思いながらも、嫌われたくないあまりに、結局従《したが》う羽目《はめ》になる。

ベッドに上がって服を脱いだ。もたくつくコートを脱ぎ、セーターやシャツはお互いに手を貸し合って、ベッドの下に重ね落とす。制服のズボンと下着を抜かれると、羞恥《しゅうち》は倍増《ばいぞう》して耳の先まで熱くなる。きっと赤く色づいている。

千星の性器は勃起《ぼっき》して、露《つゆ》を滴《したた》らせていた。

下着を抜き取った抱井に、無遠慮な視線で覗き込まれ、思わずその黒髪の頭を押し返す。

「そっ、そんなに見ないでくれる」

抱井はくすりと笑った。

「前は自分から見せつけてたくせに」

「前って……」

最初のときは、こんなじゃなかった。抱井に笑う余裕はなく、なんだかひどく狼狽《うろた》えていたし、自分は――押し倒した男に乗っかり、早くその気にさせようと誘惑に必死だった。

「……前のほうがよかった？　今の僕は……嫌い？」

せっかくその気になってくれているのに拒んだり、部屋は片づけられず、テトリスは苦手。後ろ二つは自覚がなかっただけで、以前からそうだったと思い直すも、恋人に呆《あき》れられる不安材料には違いない。

顔を俯《うつむ》かせそうになると、抱井はまた微かに笑って言った。

「どっちでもいいよ。だって、どっちも千星さんだろ」

「優……」

そんなふうに言われたら、嬉しくなってしまう。夫婦喧嘩じゃないけれど、犬も食わないようなことを言い合って、うっとり目を閉じたらキスが望みどおりに降ってきた。

緩く立てていた膝に手をかけられて、はっとなる。三度目の『しよう』にもやっぱり逆らえなくて、雪野は求められるままにベッドに体の上下を互い違いになるように横たえた。いわゆるシックスナインだ。

「千星さんのほうが軽いから」

上に乗っかるよう促《うなが》されて、それだけでもうどうにかなってしまいそうだった。

抱井のものを舐めるのは好きだけれど、舐められるのは嫌だなんて、自分でも変だとは思う。見下ろしたものは、変わらず雄々《おお》しく張り詰めたままで、千星は両手でそっと包んで唇を押し当てる。

顎を緩めて頬張った。でも奥に迎え入れようとする間にも、下半身にえもいわれぬ刺激が走って、気もそぞろになる。

「…ぁっ……んん…っ」

ふるっと震えた性器を咥《くわ》えられ、千星は頭を振った。

抱井の大きな口で捕らえられ、唇で扱《しご》かれると、ゆるゆるとそこが溶け出したみたいに感じる。まるで熱に弱いアイスだ。逃《のが》れようとベッドについた両膝に力を籠《こ》めれば、下から伸びた手に腰を浮かせるのを阻まれる。

「……りっ……やっぱ、むりっ……こんなっ、こんなの……恥ずかしい……」

『変になる』と千星は泣き言を漏《も》らした。お願いすれば、抱井は聞き入れてくれるんじゃないかと思ったけれど、返ってきたのは疎《おろそ》かになった愛撫を指摘する声だ。

「……俺にはもうしてくんないの、千星さん?」

くぐもる声で不服そうに言われたら、無視なんてできない。没頭《ぼっとう》したいと思うのは、千星だって同じなのに、懸命に咥《くわ》えようとする度《たび》、抱井は悪戯《いたずら》な舌や唇の動きで邪魔をする。

「んんっ……やっ……」

千星が快楽に弱いと知りながら、わざとやっているとしか思えなかった。そのくせ、『続きは?』と促すように、身の下の体軀《たいく》を軽く揺すって先をせがむ。

「もう、いや…だっ……」

千星は嫌だと言いながらも、腰を揺らめかして抱井の口腔に張り詰めたものを自ら押し込んだ。

なにが嫌なのか判らなくなる。

気持ちいい。すごく、いい。

「あ…んっ、ふ…ぁっ……あぁっ……」

卑猥な腰つきで尻をくねらせていた千星は、一際甲高《ひときわかんだか》い声を上げた。抱井が後ろに指先を滑《すべ》らせたからだ。露《あら》わになった尻の谷間に、好奇心でも掻《か》き立《た》てられたみたいに指を這《は》わせた抱井は、窪《くぼ》みをクンと強く押して抉《こ》じ開《あ》けた。

「優っ、だめ…っ、ダメ……」

返事はない。首を捩《よじ》って後ろを見ても、淫猥《いんわい》に絡《から》む二人の肢体《したい》に羞恥《しゅうち》が増すだけで、抱井からはくぐもった息遣いしか返って来ない。

「ひ…ぁっ……ああっ……」

長く男らしい指。抱井の指は節々《ふしぶし》も張っていて、どこか記憶にぼんやり残された父の手を連想させる。店で会う入江《いりえ》ではなく、小さな借家《しゃくや》の部屋でカンバスに向かっていた思い出の中の手だ。

女と見紛《みまが》われるような、自分の白い頼りない手とは違っていた。

ぐっと奥まで指で開かれて、千星はしゃくり上げた。増やされた指が二本になると、存在感があるのに自在に動いて千星を翻弄《ほんろう》する。

「……いや…ぁっ」

感じるポイントを中心に中を捏《こ》ねられ、我慢できずに啜《すす》り喘《あえ》いだ。奥までぐっと押し込まれた指を、開かされた口で切なく締めつける。張り詰めた性器は、抱井の温かな口腔の粘膜《ねんまく》に包まれたままビクビクと幹《みき》を弾《はず》ませた。

「……す…ぐるっ、出る……もっ……」

白濁《はくだく》は、ぷしゅっと缶の炭酸飲料でも噴き出すように零れた。

「あっ、あっ……」

細い声を漏らしながら、抱井の口へ欲望を解《と》く。眦《まなじり》を濡らして射精する千星は、握り締めたままのものに無意識に頬を摺《す》り寄《よ》せ、唇を何度も押し当てた。

「……るっ……優っ……」

愛おしくて堪《たま》らない。キスの雨を降らせる。もう一度、しっかりと舐めたり擦ったり、恋人の吐精も受け止めたいと、ぞろりと薄い舌を這わせれば不意に身を大きく動かされた。

「え、あ……なに?」

射精したばかりのとろりとした眼差しで、千星は抱井を見る。

目つきだけでなく、体中がくたくたに指先まで蕩《とろ》けたみたいだ。巡《めぐ》る血はきっと熱くなって、僅かでも体温も上昇しているはずだけれど、心臓の動きに気を回すゆとりはない。

「千星さん、いいから」

「な、なんで？　君もしよ、最後まで……」

正面から向き合うように姿勢を変えた男は、眸を覗き込んできたかと思うと、額に熱い唇を押しつけた。少し濡れてるのは、千星のものを飲んでしまったからか。

「……顔、見たくなった」

「優？」

「じゃあさ、今度はこっち向いて俺を跨《また》いでくれる？　もう……できそう？」

達したばかりだけれど、千星はコクンと頷いて求められるままに乗っかった。

抱井が期待しているのが判る。中心のものはきつく反《そ》り返《かえ》ったままだし、見据《みす》える眸《ひとみ》が熱っぽい。黒い眸は自分と同じく情欲に濡れていて、潤《うる》んだ輝きがすごくいやらしいと思った。エッチで、千星はぞくんとなる。

「あっ……」

濡れた切っ先を、狭間《はざま》に行き交わせた。腰を前後させて、たっぷりと浮いた先走りを窪みに塗りつける千星を見つめる抱井の眼差しは、一層《いっそう》熱を帯《お》びる。

「……んんっ」

迎える瞬間、千星の柳眉《りゅうび》は下がって切なく声は震えた。

ゆっくりと腰を落としながら、頭を幾度か振る。じわじわと押し開く傍から、ジンと疼《うず》くような官能《かんのう》が湧き返ってきて、萎《な》えかけていたはずの千星の先端からはまた透明な雫が糸を引き始める。

ぺたりと抱井の身に座り込むほどに奥まで飲んだ。深く穿《うが》った屹立《きつりつ》の熱や存在感に、千星はまだ動くこともままならないのに『あん、あん』とか細く鳴いて、感じているのを知らしめる。

「……千星さん、可愛いな」

いつの間にか閉じていた目を開くと、抱井がじっと見つめていた。

視線に中がキュンとなる。締めつけてしまい恥ずかしかったし、『あっ』と衝撃に抱井が吐息を零したのは少し嬉しかった。

二人して、じわっと頬を赤く色づかせる。

「千星さん、俺に見られるの、ヤだったんじゃないの？」

「……嫌じゃないよ」

「ホントに？」

「うん……き……好き」

今度は向かい合っているから、ちょっと顔を寄せるだけで唇を押しつけることができた。誰が見てもきっと男前に違いない恋人の頬に両手を添わせ、鼻梁《びりょう》をぶつけながら、もう一度キスをする。

「優に見られるのも、優の顔もカッコよくて好きだよ……やっぱりドキドキするけど」

抱井は双眸を瞠《みは》らせ、それから照れたように細めて笑んだ。

「千星さんはなんでもストレートだな。そんなふうに褒《ほ》められたの、今までで初めてかも」

「そう…なの？　優、すごくハンサムなのに……あっ」

「千星さんは綺麗だけど……なにより真っ直ぐなところがいいと思う。時々、わけわかんないけど」

「わかっ……わかんないって、どういう……ンあっ、待って」

無視できない言葉だと思うのに、下からゆるゆると突き上げられて、まとまりかけた思考は散り散りになる。くっつく傍からバラされ、埋め込まれる快感は甘い砂糖の結晶のようだ。

「あっ、や……まだ大きい…のにっ……」

「……待ってもこの先……小さくはならないと思うよ？　千星さん、が……イカせてくれるまでっ」

「そっ、そんな……」

漏らした泣き声は、すぐにまた甘い息遣いに変わった。

どちらのものだか判らない吐息を振り撒《ふま》いて、抽挿《ちゅうそう》に没頭《ぼっとう》していく。

すごく感じる。底のない快感に飲まれるのを恐れる気持ちはまだあるのに、抱井も同じなら……二人で一緒なら、いいかと思えた。

「……俺にこうされんの、好き？」

「んっ、んっ……」

こくこくと頷いて、抱井の動きに身を委《ゆだ》ねる。

「あっ、なか……擦れるの、気持ちい……」

「……ん、俺も……セックス、気持ちいいね……千星さんっ……」

千星は自ら顔を寄せて、幾度《いくど》もキスをした。唇と、繋《つな》がり合った場所と、淫らな音に熱を上げながら、それでも大事なことだけは忘れずに伝える。

「優が、してくれるのが好き。優だから…っ……好きっ」

きっと、すごく言っておきたかったから。

二人して上《のぼ》り詰《つ》めるまでの間に、千星は何度も『好き』を繰り返した。


「まぁ、天使様にそっくりねぇ」

絵画《かいが》の前の老婦人が漏らした独り言に、抱井《かかい》はその視線の先に目を向けた。

老婆の眼鏡の奥のつぶらな目が感心したように見つめているのは、壁の金色の額縁《がくぶち》の絵ではなく、その絵を眺めている美しい少年の横顔だ。

小さな美術館のロビーで、雪野《ゆきの》は宗教画の天使の絵を見ていた。生まれたての赤子のように柔らかそうな肌に、清らかな眼差《まなざ》しの天使たち。静謐《せいひつ》な空間のよく似合う雪野は、通じるところがあると思われたのだろう。ほうっとその横顔に溜め息をつきそうになる抱井に異論はない。

ただし、あまり清らか……清純なときばかりではない天使様だけれど。

あの夜、結局無断外泊した抱井は家に帰って親に叱られた。母親ではなく、父親にだ。青少年に理解ある振りしていたくせして、とんだ裏切り者だ。母のほうは「どんなお嬢さんなの？親御《おやご》さんに挨拶《あいさつ》しなくていいかしら？」と気を揉《も》んでいた。年頃のお嬢さんの家に泊めてもらったりしていたら大事《おおごと》だろう。

でも雪野も年頃だし、家に泊めてもらったことには変わりない。

「千星《ちせ》さん」

そっと名前を呼ぶと、絵を見つめる天使様の顔がこちらを向く。

「ほら、手が空《あ》いたみたいだよ」

二人が美術館のロビーで時間を潰《つぶ》していたのは、入江《いりえ》に声をかけるチャンスを窺《うかが》ってのことだ。

今日が初日の入江海《いりえかい》の個展は、奥の展示室で催《もよお》されていた。『まどろみの海』とタイトルの記《しる》された看板は、控《ひか》えめに掲《かか》げられているけれど、人の入りはよく、初日だけあってどうやら知人やビジネスの関係者も多数訪《おとず》れている。入口の前で話をしている入江の姿に、二人は距離をおきつつも会話が終わるのをずっと待っていた。

「あ、ホントだ。じゃあ行こうか」

ぱっと明るくなった雪野の表情に、抱井の気持ちも上向く。

二人して奥に向かった。しかし、華やかなスタンドの花の列を背にした入江は、あと一歩のところで今度はスーツ姿の外国人に話しかけられてしまった。

「あ……」

タイミングが悪い。

ここで待つか、ロビーのほうまでまた後退するか。迷う抱井に、雪野は選択肢にもないことを言い出した。

「優、もういいよ。中に入ろう」

「え、なんで？　せっかく来たんだから待ちましょうよ」

「でも、絵を観にきたんだからべつに喋《しゃべ》らなくてもいいし、入江さんに時間を取らせても悪いし……」

待っている間に意気消沈《いきしょうちん》してしまったらしい雪野は、すっかり弱気なことを言う。駅で待ち合わせをしたときには、あんなに張り切って楽しみにしていたのに。

「千星さん、なに言ってんの。声かけなくてどうするんだよ、せっかく花まで買ってきたのに」

「花は受付の人に渡せばいいよ。ほら、あのチケット確認してる人とか」

「そんな、直接渡さないと意味がな……千星さんっ！」

最後まで聞こうともせず、逃げるように受付へと向かってしまう男の後を慌てて追う。手にしたチケットを出そうとする雪野を、なんとか思い直させようと、抱井が焦《あせ》ったときだ。

壁際から声が響いた。

「ユキくん！」

入江だ。まだ話が終わったわけではなさそうな金髪の男に向かって何事か言い、こちらへ大《おお》股《また》に歩み寄って来る。

「ユキくん、来てくれたんだね」

以前レストランで見たときには寡黙《かもく》だった男の声を、抱井は初めてまともに耳にした。

店ではユキと名乗っているらしい。そういえば、本名を出していないと前に言っていた。

「あ……えっと、すみません」

なにを謝っているんだか。雪野は入江に所在《しょざい》なさげに言う。

「ありがとう、今日はわざわざ来てくれたんでしょう?」

「いえ、そんな。わざわざってことはないです」

「あれ……」

入江はふと目に留まった様子で、緊張した雪野が胸元で握ったものに注目した。

個展のチケットだ。破らせてしまったチケットの代わりに、抱井が用意したものだけれど、招待券ではないことに気がついたのかもしれない。一般のチケットとはデザインが違う。

「そ、そのチケットは俺がちょうど二枚買ってたんで彼にあげたんですっ！」

抱井は慌てて会話に割り込み、言い訳した。せっかくもらった招待券を、雪野が使っていないと思われてしまうのはまずい。

「え、君が？」

「はい、い、入江さんの絵が好きなんで」

入江の絵どころか、絵画全般まるで詳しくもない抱井には苦しすぎる説明だったけれど、疑いの質問ぜめにされることもなく、男は黒い眉の下の目元を和《やわ》らげた。

「そうか……嬉しいな。どうもありがとう」

ややぼそぼそとしているが、穏やかなトーンの声で話す男だ。

レストランのときとは雰囲気がだいぶ違っていた。ノーネクタイだがアイロンを当てた白いシャツにスラックス。生《は》やしていた無精髭《ぶしょうひげ》も剃《そ》り落《お》とされ、白いものが混ざった髪も短くなってさっぱりとしている。

雪野とは父親にしてはあまりに似ていないけれど、俳優のように雰囲気のあるハンサムなのはある種の血筋かもしれない。

「これ、どうぞ。彼からです！」

抱井の言い訳に便乗《びんじょう》するかのように、雪野が手にしていた花を差し出した。

「ち……ゆ、ユキさんっ」

抱井は焦って声を上げる。それではまるで雪野が用意したわけではないみたいだ。待ち合わせをした駅の花屋に二人で行きはしたけれど、花を贈りたがったのも、バイトで稼《かせ》いだお金で払ったのも雪野なのに。

二人で渡せばさり気《げ》ないとは言ったものの、手柄をすべて明け渡したほうがいいなんてアドバイスはまったくしていない。

白と青を貴重にした花籠《はなかご》。華やかなピンクやオレンジのフラワーアレンジメントも多く売っていた中で、『入江の絵のイメージのこれがいい』と嬉しそうに選んでいたくせして——

「ちが……」

「花？　ああ、ありがとう。気を使ってもらって、なんだか悪いな」

案《あん》の定《じょう》、雪野から受け取った後は、入江はこちらに目線と言葉を送る。

「今日は招待券までいただいて、ありがとうございます」

抱井の弁解を遮《さえぎ》った雪野は『それじゃあ』と受付に向かい、チケットを切ってもらって中に入ろうとしたところで、入江が呼び止めた。

「あ、待って」

雪野は、戸惑ったような表情で振り返る。

「……はい？」

「ユキくん、君に渡そうと思っていたものがあったんだ」

「え……」

入江は受付のカウンターに向かい、そこにいた女性からなにかを受け取った。

「これを、どうぞ」

大判の冊子は、なにかと思えば図録だ。『君にも』と差し出されて抱井も受け取ってしまったけれど、物販《ぶっぱん》で売っている有料の展示会カタログに違いない。

恐縮《きょうしゅく》する雪野は、目を瞠《みは》らせながら両手で受け取る。

「いいんですか、僕がもらっても？」

「来てくれたお礼だよ。それと花のお礼に」

花というときの男は、やっぱりこっちを見る。絶対に誤解されている。

入江と別れて会場に入ると、抱井はどうしても追及せずにはいられなかった。

「千星さん、なんであの人に自分で買った花だって言わなかったんですか。俺が一人で買ったみたいな言い方して！」

責める口調になってしまい、雪野は淡々と返してくる。

「いいんだよ、目的は花を渡すことで、感謝してもらいたいわけじゃないから。それに、あんな小さな花だと意味なかったかも」

「でも、喜んでもらいたかったんでしょう？　花の大小なんて関係ない……」

「優《すぐる》、『美術館ではお静かに』だよ」

雪野に黙るよう促《うなが》された。それを美術館で言われてしまったら、もうなにも言えない。

ずるいと思った。いつだったか、自分も図書室で担任の女教師に似た文句を告げたことがあるけれど、まさか雪野があのとき聞いていたわけでもないだろう。

もやもやしたものを心に残しつつ、抱井は雪野と一緒に館内を回った。出展数は多数に思えるが、入江の年齢の画家としては、さほど多い点数ではないらしい。

けれど、一人の人間が膨大《ぼうだい》な時間を費やして描き上げた絵が一堂に集まっているかと思うと、それだけで感慨深いものがある。

独特のタッチで描かれた絵は、風景画と言ってもただ空間を切り取った写真とは違い、入江海というフィルターを通して芽吹《めぶ》いた心象風景に近い。

まるで他人の目から心に響いて生まれた感情を、色をつけて見せられているような感じがした。

いつの間にか入江の世界に取り込まれている。一点、また一点、雪野のペースに合わせ、抱井も見て回った。

会場は三室に分かれていた。

最後の部屋に集まっていたのは、初期の作品群だ。まだ自分の作風や描き出したいものを固められずにいたのだろうか。絵のサイズもまちまちで、風景だけでなく雑多《ざった》なものが詰め込まれている。

道端のゴミや、誰かの犬、夢の中を映し出したような抽象画《ちゅうしょうが》まで。

拙《つたな》さは否《いな》めないものの、洗練されていない分、個人の生活……一生でも覗き見ているような生々しさがある。

そして、雪野が足を止めた絵の前で抱井は驚いた。

「千星さん、これって……」

声を発せずにはいられなかった。

一見なんの変哲《へんてつ》もない、女性が赤子を抱いた絵だ。母性と無垢《むく》。親子の肖像画はありふれたモチーフであり、構図も没《ぼっ》個性かもしれない。実際、人物画は珍しいという以外にはさして興味も引かれないらしく、ほかの客は立ち止まった雪野をあっさりと追い越して行った。

でも、抱井には雪野が動けない理由がよく判った。

その絵の女性は、あまりにも雪野自身に似ていたからだ。

「千星さん……」

雪野は呟いて応えた。

「母さんの若い頃なんだと思う」

それは説明されなくとも理解できた。問題は、この絵を描いた入江が、千星が自分の息子である可能性を考えないはずはないということだ。

「あの人、もしかして気づいて……千星さん?」

疑問を投げかけようとした途端、雪野は逃げるようにその場を後にした。数点残された絵を見るのもすっ飛ばし、物販のコーナーも越えて表に出る。

展示室前の入江は、先ほどと違うスーツの男たちと再び話し込んでいた。

受付のカウンターは入ったときと少しだけ様子が違う。ポツンと中央を染めた青い色。千星の渡した小さな花籠は、入江にぞんざいに扱われることはなく、それどころか大切そうに目立つ受付に飾られていた。

「千星さん、待ってっ…！」

抱井は、ロビーへ足早に向かう千星を追いかけた。

「なんでっ……」

ぱっと千星が振り返り、弾《はず》みに手にした冊子からなにかがひらりと舞った。すっと空《くう》を切り、磨《みが》き抜《ぬ》かれた美術館の床に着地する。

はっとなったように屈《かが》んで、千星は細い指でポストカードのような紙を拾い上げ、そしてその場で動かなくなった。

図録の中にしのばされていたもの。

「それ、さっきの絵の……」

写真だった。あの絵と同じ構図の。

母親らしき女性と、赤子である雪野。

十八歳に成長した雪野が今にも震え出しそうな手で裏を返すと、やや色褪《いろあ》せた写真の裏には、真新しいインクの文字が書き込まれていた。

『　千星へ　いつもありがとう　』

不器用な男の書いた、不器用な短いメッセージ。けれど、それだけですべてが、書き込んだ入江の心境が伝わってくる気がした。

「なんで逃げるんだよ」

俯《うつむ》いて写真を握り締めたまま、美術館の外へ続くドアに向かって歩き出す雪野の背に、抱井は言葉をぶつけた。

「あの人は千星さんと向き合うために、それを入れたんだろ」

「優……」

「個展のチケットくれたのだって、最初からそうだったんだよ。だってさ、あの絵みたらもう判っちゃうじゃん。なのに、来てほしいと思うって、もう本当のこと知ってほしいと望んだからだろ」

入江にだって葛藤《かっとう》はあったはずだ。雪野がそう決めたように、お互い知らないままがいいと。知らない振りをし続けていたほうが、ささやかな幸福は続くと信じていたはずだ。

それでも、気持ちは溢《あふ》れ出《で》た。

不確かな未来に賭けた。

まるで図書室の本に挟んだラブレターのように、入江は自身の個展の図録に、息子との数少ない思い出の一つを託《たく》すことを選んだ。

「千星さん」

入江にとっての図書室は、きっとあのレストランだったのだ。息子の横顔を、そっと盗み見るために通っていたのだろう。

「あの人は一歩進むことを選んだんだよ。だったら、千星さんもそうすべきだ」

抱井のほうを振り返り見た雪野は、ぽつりと言った。

「……怖いよ」

ひどく弱くなった上級生の男を、抱井は見つめて笑《え》んだ。

「うん、怖いけど……でも、行っといでよ。俺はここで待ってるから。なんでも、千星さんのこと待ってるからさ」

ちゃんと、待ってる。

だから頑張っておいでよと、送り出す。頼りないかもしれないけれど、少なくともなにがあっても自分だけは残るから。

雪野が展示室のほうへ戻って行く姿を、抱井はじっと見送った。花の列の前には、話を切り上げたらしい男が、こちらを祈るように見つめて立っていた。

街に出ると、どこにいてもクリスマスツリーの姿が目につく。イブも明後日《あさって》に迫《せま》っているだけに、師走《しわす》の街の賑《にぎ》わしさもひとしおで、駅周辺など人と音の洪水《こうずい》と言っても差し支《つか》えないくらいだ。

千星はその中をふわふわと歩いていた。

いつもの街の景色が、少しだけ違って見える午後――

「優、ありがとう」

傍《かたわ》らを歩く男にだけやっと聞こえるような声で伝えると、抱井は「よかったですね」と言って笑んだ。

なにから話したらいいか判らないほど、入江と会話をしたわけではない。個展の初日という大切な日。ビジネスにしろファンにしろ、入江と話したがっている人間はいくらもいて、息子といえど独占できやしない。

でも肝心《かんじん》のことなら話せた。

入江は知っていたのだ。

そう、自分が気づいていることも、いつからか判っていたという。

壁が取り払われたからといって、なにか急に変わるわけでもない。入江はレストランの常連客の画家で、千星はその店のバイトだ。

ただ少なくとも、次のバイトへ行く日が怖いなんてことはなかった。待ち遠しいような気分さえ抱えている。

そんな風に思えるようになったのは、抱井が待つと言って背中を押してくれたからだ。

「でも、せっかく本当のことが判ったのに、あんまり話せなかったのは残念だったね。千星さん、いっぱい勇気出して話したってのに」

不満を代弁でもするかのように言う男に、千星は苦笑する。

「特別な日だから、仕方ないよ。あの人も僕が初日に来るとは思ってなかったみたい」

「自己評価低いなぁ」

「え？」

「入江さんも千星さんも、自分を知らなさすぎる。初日を選ぶに決まってるでしょ。なのにそんな控《ひか》えめに構えるから、せっかくメッセージまで挟んでおいたのに、肝心の話がろくにできないなんてことになってしまうんだよ」

冗談のようでありながらも的《まと》を射《い》ている。

「はは、そうかも……今度、入江さんと話せたら伝えとくよ」

「えっ、ちょっ、ちょっと言うのはやめてくださいよ。今のはナシ！」

抱井が本気で焦《あせ》った表情を見せるものだから、ますますおかしくなる。

信号に引っかかり、交差点前の人垣の中に二人は立ち止まった。息苦しいような人の中で頭上を仰《あお》ぐと、晴れた冬空が広がっている。

人工着色のソーダ水みたいな薄い水色。

「優」

信号が変わると、人はぞろりと前に動き出し、散り散りになるように横断歩道を渡り始めた。

「はい？」

背中に名を呼びかけられた抱井が、千星を振り返り見る。

「白いところを踏むんだよ」

「え？」

「横断歩道は白いところをなるべく踏んで歩くんだ。そしたらね、いいことがあるって。子供の頃に父さんが言ってたの思い出した」

「白いとこって……ああ、白線？　なんで踏んだらいいことあるの？」

「うーん、どうしてだろうね。わからないけど……理由は言ってなかった気がする。もしかしたら、僕がフラフラ歩くから、危なっかしくて真っ直ぐ歩くようにそう言っただけなのかも」

抱井は納得したのか、「ふうん」と反応した。

だったらいいことなんて起こらない。そんな理由じゃなくても、白線は幸せの押しボタンでもなんでもない。

なのに、千星はやっぱり自然と足が出た。

一緒になって横断歩道の白線を抱井もなるべく選んで歩き始めたから驚いた。

なるべくのつもりでも、こういうものは一度意識し始めるとそこを踏まずにはいられなくなるものだ。人気《ひとけ》の少ない端に向かった。左右にはフラフラしない代わりに、やや不自然な歩みをする二人の身は上下にひょこひょこと弾む。千星のほうが歩幅に合っているのか単なる慣れか自然で、抱井のほうがかなり歩きづらそうにしていたけれど、どうにか対岸まで完歩《かんぽ》することができた。

そのまま歩道にできあがった人の流れに乗る。子供じみた行いに誘い込んだのは千星なのに、目が合うとどうしてか照れ臭くなる。

二人はちょっとだけ笑った。

「いいことあるかな」

「どうだろうね。昼時過ぎてるから、店が混んでないとラッキーだけど」

抱井は昼食の心配をする。二人が向かっているのは、駅近くのパスタの店だ。リーズナブルで美味《おい》しいと評判で、いつも混んでいる。

あと少しで店の看板が見えてくるところで、抱井が『あっ』と声を上げた。

「どうしたの?」

「なんであいつら……」

まったく返事にならないことを言う抱井の視線の先は、細い路地の角に建ったファストフード店だ。ハンバーガー屋の一階の窓際席に、覚えのある顔が小さなテーブルを挟んで並んでいる。

無視できないらしい抱井に続き、千星も店に入った。

「おまえ、どういうつもりだよ、益本《ますもと》！」

「あ？　おう、なんだ抱井か」

細切りのフライドポテトを口に運びながら、抱井の弓道部の友人は応える。

「今日は偶然が続くなぁ。いや、彼ともそこでばったり会ってね。世間話をしてたとこ」

「世間話って、なんの話だよ」

「白石《しらいし》くんの恋がどうなったか、気になるじゃない？」

テーブルの反対側に座っているのは、赤いマフラーを首に巻いた小柄な男だった。

『雪だるま』を連想させる白石は、「先輩、やめてくださいよ」と言いながらも、さして焦《あせ》った様子はない。相変わらず、顔や体躯《たいく》に似合わず胆《きも》の据《す》わった男だ。

「恋って……やっぱりおまえの仕業《しわざ》だったのか？　白石を巻き込んでまで悪戯《いたずら》かっ!?　あんな悪趣味な……」

「悪戯じゃありませんよ。益本さんに『頑張れ、言っちゃえ』って言われて、その気になったのはたしかですけど、俺が雪野先輩が好きだったのは本当ですし」

傍《はた》で聞いているだけの千星も、意味が判らず息を飲んだ。

「……は？」

絶句した抱井は、絞《しぼ》り出《だ》すような声で問う。

「えっと……待て。誰が、誰を、好きだって？」

「俺が、雪野先輩をです」

何故そんなことを確認するのかと言いたげな白石は、自身と、抱井の背後の千星をそれぞれ指で示した。

「まぁ安心してください。先輩のことはもう諦めました。でも、やっぱりすごく好みなんですよね～、先輩みたいな手のかかりそうな人。俺がいないとなんにもできそうにない感じとか。雪野さんのひどい暮らしぶり見てたら、ああもうドストライクだなって」

汚部屋《おべや》だと言って詰《なじ》られた気がするのはなんだったのか。

「抱井さん、言っときますけど、俺のほうが先に一目惚れしてたんですからね」

「先にって、おまえ……あの手紙なんだったんだよ。じゃあ、なんで俺に渡したんだよ」

「は？　まさか、あんたに送ったと思ってたんですか？　渡したのは雪野先輩ですよ、手紙も本も！」

「嘘つけ、クリーム色の表紙の本、俺に渡しただろうが。『雪だるまのオッスさん』！」

「なんですか、それ。俺が借りたのは、『世界がっかり名所百選』です！」

ウケ狙いだったのか、それとも趣味と価値観の違いか。ラブレターを挟むにはどうかと思う本のタイトルを、白石は昂然《こうぜん》と胸を張って言う。

「なんだそりゃ……つか、ラブレターならちゃんと宛名ぐらい書けよ！」

「自分の勘違いを人のせいにしないでください。俺はちゃんと雪野さんに手渡してるんですからね」

「わざとだろ、絶対。益本、おまえなにか手引きしたんじゃないのか⁉　こんな面白くなりそうな話、おまえが見逃すわけないもんな！」

揉《も》める二人を前に、野球観戦でもするかのようにフライドポテトを十本ほど口に運び続けていた益本は、心外そうに言う。

「手紙の内容まで、俺は関知しないよ。へぇ、そうかそうか、相手を勘違いしてたと……」

さっきからキラキラした眼差しをして、今にも『ぷっ』と噴き出しそうな男だったが、一歩早く崩壊するような笑い声が店内には響いた。

「ち、千星さん？」

お腹《なか》を抱えて笑い出した千星に、抱井だけでなく白石も益本も目を剥《む》く。

だっておかしい。抱井も、自分も、二人とも間違えていたなんて。笑ったらダメだと思えば思うほど、ツボに嵌《は》まってしまい、狭い通路でコートの肩を揺らした。

ふわふわしていた午後が、日常へと戻っていく。

以前よりずっと、明るくなった世界が千星のありふれた一日になる。

とりあえず笑うのは幸せだった。

あとがき

砂原糖子

皆さま、こんにちは。はじめましての方がいらっしゃいましたら、初めまして。

このお話はタイトルも含めてひょんな……いえ、運命的な経緯《けいい》で誕生しました。遡《さかのぼ》ること三年ほど前、私は『恋のつづき』という本を出していただき、偶然同月に発売だった渡海奈穂《わたるみなほ》先生の御本が『夢じゃないみたい』でした。そこで、現場で混乱があり『恋じゃないみたい』という誤表記があったと伺ったのが誕生のきっかけです。私はこのタイトルが妙にツボに嵌《は》まり、「『恋じゃないみたい』って、きっと盛り上がって付き合い始めたものの、思ってた相手と違って『こんなはずじゃなかった〜！』ってなる話なんだわ。なんてドラマティック（？）！」と妄想炸裂《さくれつ》。雑誌で書かせてもらうことになりました。

当時、渡海先生のお許しもいただきまして、「なにその素敵タイトル！　私が書く！」って言われたらどうしようとドキドキしたのを覚えています。さらっと下りた許可から察するに、渡海先生はさほど興味がなかったのではないかと。よかったような、哀しいような……いえ、きっと涙を飲んで譲《ゆず》ってくださったに違いありません。

今ここで、タイトル話から渡海先生のことを書いたら四行も後書きが埋《う》まったので、『このまま先生のことを書いたらいいじゃない！』と誘惑されたんですけども、淡い友情にヒビが入りそうなのでやめておきます。

いつもながら、後書きを埋めるためなら悪魔にでも魂《たましい》を売りかねない私。毎度、我が黒歴史＝恥をチラつかせるのもなんなので、今回は抱井《かかい》くんと雪野《ゆきの》くんの未来を、小説風に書いてみようと思います。「えっ、なにその唐突感！」という感じですが、書店さん向けのペーパーに書かせていただいたショートストーリーのその後です。「えっ、なにそんなの読んでない！」というお方にも、ほぼ支障はないかと……『掃除ができない雪野が、掃除ができないゆえに、思い切って家電の取説《とりせつ》を全部捨てちゃったよ』の続きと思っていただければ……。

では、いきます。


「え、来なくてもいいってどういうことですか？」

抱井が小さな驚きの声をあげたのは、図書室のカウンターの中だった。

閉室も迎えた時刻。残った作業をすませていると、書架《しょか》への本の返却を手伝う雪野がカウンター越しに思い出したように言った。

「うん、それがね、取扱説明書は今はなくしてもネットのメーカーサイトでだいたい読めるんだって。益本《ますもと》くんがさっき教えてくれて……だから大丈夫だよ？ 優《すぐる》はわざわざうちに教えに来たりしなくても」

いきなり始まった話についていけずにポカンとなる抱井を残し、再び本を抱えた雪野は書架のほうへと戻っていく。やり場のない動揺と怒りは、すぐさま隣の男に向かった。

「益本〜っ、おまえはまた余計《よけい》なことを！」

図書室は今、雪野と二人きりではない。カウンターの隣には、特に手伝う様子もなく、入荷《にゅうか》したばかりの本を手持ち無沙汰《ぶさた》そうにパラパラと捲《めく》っているキツネ目の悪友《あくゆう》がいる。片肘《かたひじ》をついて本に視線を落としたまま、悪びれもしない益本は応《こた》えた。

「本当のことだろ、親切心で教えてなにが悪い。ま、おまえの浅はかな考えぐらい丸判りだけどな。取説にかこつけて、あの人の家に入《い》り浸《びた》ろうって魂胆《こんたん》だったんだろうが」

「そっ、そんなこと俺はっ……」

「『余計』かどうかもすぐ判る。あの人、なんかいまいち嬉しそうじゃなかったなぁ。メーカーサイトのほうが、おまえより百倍頼りになるってのに……」

雪野の後ろ姿に目を向けていた抱井は、益本の言葉を最後まで聞こうとはせずカウンターを出た。俯《うつむ》き加減に傾けた茶色い頭と、薄い肩を丸めた背中。淋《さみ》しがりの雪野のことだ。今だって、やせ我慢で『来なくていい』なんて言って落ち込んでいるのかもと思ったら、じっとしていられなかった。雪野の消えた書架の谷間に、抱井は飛び込む。

「ち、千星《ちせ》さん！」

「優……」

「い、家に行くの面倒なんかじゃないから。千星さんの役に立ちたいんだ。だからネットで調べたりしなくていいよ。千星さんが喜んでくれるなら、俺は取説にでもなる！」

焦《あせ》るあまり、支離滅裂《しりめつれつ》だ。どこかの歌の詞のような、メチャクチャかつ寒いことを言う抱井に今度は雪野がポカンとしている。

「でも……」

「俺が千星さんに会いたいんだ。だから、うちに行く口実にもなってちょうどいいなって思ってて……」

「えっ……そうだったの？」

「うん、だから必要なら俺が調べるし。頼りにしてくれたら、うれし……」

首が重たくなった。するりと回された制服の両腕。しがみつく雪野の重みを受け止めた抱井は、ほっと息をつく。安堵《あんど》を通り越して幸福感を覚え、同時に首を捻《ひね》りそうになった。

「……あれ？」

小雨が降る間もなく地固まる。『余計』どころか、またも益本の悪行《あくぎょう》は災《わざわ》い転じて福となす。カウンターに戻ったら、きっとドヤ顔をされるに違いないと思いつつも、抱井は抗《あらが》いきれない幸せに雪野の背中にそっと手を回した。

以上です。

普通、巻末にショートストーリーを入れるときは後書きと分けるのではと思わなくもないですが、なにぶん担当さんに後書き五ページと言われた重圧がこのような次元の歪《ゆが》みを……三ページにするという手もあったのに、後書き苦手と言いながら何故《なぜ》か埋めてしまう自分がよく理解できません。

フリーダムに（後書きを）書かせていただきましたが、いかがでしたでしょうか？　抱井と雪野の未来は、当分こんな感じかなと思います。時々益本に横槍《よこやり》を入れられながらもイチャつく二人……意外にロマンチストな抱井と天然な雪野、楽しく書きました！

今回のイラストは小鳩《こばと》めばる先生に描いていただきました。まだ表紙をカラーで拝見してはいないのですが、ペーパー用にモノクロ化されたイラストを目にしただけで興奮しました。その結果が、この歪《いびつ》な小説風後書きでもあります。なんて可愛《かわい》らしい高校生カップルな二人！

雑誌掲載のときから、素敵なイラストの数々をありがとうございます！

この本を形にしていただくにあたって、お世話になった皆様、ありがとうございました。

そして、お手に取ってくださった皆様、どうか少しでも楽しんでいただけていますように。

本当にありがとうございます。また次の本でもお会いできますと嬉しいです。

2014年1月　　　　　　　　　　砂原糖子。

恋じゃないみたい《こいじゃないみたい》

この本を読んでのご意見、ご感想などをお寄せください。
砂原糖子先生・小鳩めばる先生へのはげましのおたよりもお待ちしております。
〒113-0024　東京都文京区西片2-19-18　新書館
[編集部へのご意見・ご感想] ディアプラス編集部「恋じゃないみたい」係
[先生方へのおたより] ディアプラス編集部気付　○○先生

初　出
恋じゃないみたい：小説DEAR+ 12年アキ号（Vol.47）
やっぱり恋みたい：書き下ろし

新書館ディアプラス文庫

著者：砂原糖子 [すなはら・とうこ]
初版発行：2014年 2月25日

発行所：株式会社新書館
[編集] 〒113-0024　東京都文京区西片2-19-18　電話(03)3811-2631
[営業] 〒174-0043　東京都板橋区坂下1-22-14　電話(03)5970-3840
[URL] http://www.shinshokan.co.jp/
印刷・製本：図書印刷株式会社

定価はカバーに表示してあります。乱丁・落丁本はお取替えいたします。
ISBN978-4-403-52345-8

ボーイズラブ

ディアプラス文庫

✿絢谷りつこ《あやたに・りつこ》
恋するピアニスト イラスト あさとえいり
天使のハイキック イラスト 夏乃あゆみ
花宵坂に恋が舞う イラスト 北沢きょう
ココロに咲く花 イラスト 六芦かえで

✿安西リカ《あんざい・りか》
好きって言いたい イラスト おおやかずみ

✿一穂ミチ《いちほ・みち》
雪よ林檎の香のごとく イラスト 竹美家らら
オールトの雲 イラスト 木下けい子
はな咲く家路 イラスト 松本ミーコハウス
Don't touch me イラスト 高久尚子
さみしさのレシピ イラスト 北上れん
ハートの問題 イラスト 三池ろむこ
シュガーギルド イラスト 小椋ムク
meet,again. イラスト 竹美家らら
ムーンライトマイル イラスト 木下けい子
バイバイ、ハックルベリー イラスト 金ひかる
ノーモアベッド イラスト 二宮悦巳

✿いつき朔夜《いつき・さくや》
GIトライアングル イラスト ホームラン・拳
コンティニュー？ イラスト 金ひかる
八月の略奪者 イラスト 藤崎一也
午前五時のシンデレラ イラスト 北畠あけ乃
ウミノツキ イラスト 佐々木久美子
征服者は貴公子に跪く イラスト 金ひかる
初心者マークの恋だから イラスト 夏目イサク
スケルトン・ハート イラスト あじみね朔生
溺れる人魚 イラスト 北上れん
つながりたい イラスト 石原 理
おまえにUターン イラスト 印東サク
初恋ドレッサージュ イラスト 周防佑未

背中で君を感じてる イラスト 宝井さき
カモフラージュ～十年目の初恋～ イラスト 香坂あきほ

✿岩本 薫《いわもと・かおる》
プリティ・ベイビィズ①～③ イラスト 麻々原絵里依
スパイシー・ショコラ～プリティ・ベイビィズ～
ホーム・スイートホーム～プリティ・ベイビィズ～ イラスト 麻々原絵里依

✿うえだ真由《うえだ・まゆ》
チープシック イラスト 吹山りこ
みにくいアヒルの子 イラスト 前田とも
水槽の中、熱帯魚は恋をする イラスト 後藤 星
モニタリング・ハート イラスト 影木栄貴
スノーファンタジア イラスト あさとえいり
スイート・バケーション イラスト 金ひかる
それはそれで問題じゃない？ イラスト 高橋ゆう
恋の行方は天気図で イラスト 橋本あおい
ロマンスの黙秘権 全3巻 イラスト あさとえいり
Missing You イラスト やしきゆかり
ブラコン処方箋 イラスト やしきゆかり
恋人は僕の主治医 ブラコン処方箋2 イラスト やしきゆかり
イノセント・キス イラスト 大和名瀬
勾留中のアステリアス イラスト あさとえいり

✿華藤えれな《かとう・えれな》
愛のマタドール イラスト 葛西リカコ
裸のマタドール イラスト 葛西リカコ

✿金坂理衣子《かねさか・りいこ》
気まぐれに惑って イラスト 小鳩めばる
漫画家が恋する理由 イラスト 街子マドカ

✿柊平ハルモ《くいびら・はるも》
恋々 イラスト 北沢きょう

終われない恋 イラスト あさとえいり

✿久我有加《くが・ありか》
キスの温度 イラスト 蔵王大志
光の地図 キスの温度2 イラスト 蔵王大志
長い間 イラスト 山田睦月
春の声 イラスト 藤崎一也
スピードをあげろ イラスト 藤崎一也
何でやねん！ 全2巻 イラスト 山田ユギ
無敵の探偵 イラスト 蔵王大志
落花の雪に踏み迷う イラスト 門地かおり（※定価630円）
わけも知らないで イラスト やしきゆかり
短いゆびきり イラスト 奥田七緒
ありふれた愛の言葉 イラスト 松本 花
明日、恋におちるはず イラスト 一之瀬綾子
あどけない熱 イラスト 樹 要
月も星もない イラスト 金ひかる（※定価630円）
月よ笑ってくれ 月も星もない2 イラスト 金ひかる
恋は甘いかソースの味か イラスト 街子マドカ
それは言わない約束だろう イラスト 桜城やや
どっちにしても俺のもの イラスト 夏目イサク
不実な男 イラスト 富士山ひょうた
簡単で散漫なキス イラスト 高久尚子
恋は愚かというけれど イラスト RURU
君を抱いて昼夜に恋す イラスト 麻々原絵里依
いつかお姫様が イラスト 山中ヒコ
普通ぐらいに愛してる イラスト 橋本あおい
恋で花実は咲くのです イラスト 草間さかえ
青空へ飛べ イラスト 高城たくみ
わがまま天国 イラスト 楢崎ねねこ
青い鳥になりたい イラスト 富士山ひょうた
海より深い愛はどっちだ イラスト 阿部あかね
ポケットに虹のかけら イラスト 陵クミコ
頬にしたたる恋の雨 イラスト 志水ゆき

魚心あれば恋心 イラスト 文月あつよ
思い込んだら命がけ！ イラスト 北別府ニカ
恋するソラマメ イラスト 金ひかる
恋の押し出し イラスト カキネ

✿久能千明《くのう・ちあき》
陸王 リインカーネーション イラスト 木根ヲサム

✿栗城 偲《くりき・しのぶ》
恋愛モジュール イラスト RURU
スイート×リスイート イラスト 金ひかる
君の隣で見えるもの イラスト 藤川桐子
素直じゃないひと イラスト 陵クミコ

✿小林典雅《こばやし・てんが》
たとえばこんな恋のはじまり イラスト 秋葉東子
執事と画学生、ときどき令嬢 イラスト 金ひかる
藍苺畑でつかまえて イラスト 夏目イサク
素敵な入れ替わり イラスト 木下けい子

✿桜木知沙子《さくらぎ・ちさこ》
現在治療中 全3巻 イラスト あとり硅子
HEAVEN イラスト 麻々原絵里依
あさがお～morning glory～ 全2巻 イラスト 門地かおり
サマータイムブルース イラスト 山田睦月
愛が足りない イラスト 高野宮子
教えてよ イラスト 金ひかる
どうなってんだよ？ イラスト 麻生 海
双子スピリッツ イラスト 高久尚子（※定価651円）
メロンパン日和 イラスト 藤川桐子
好きになってはいけません イラスト 夏目イサク
演劇どうですか？ イラスト 吉村
札幌の休日 全4巻 イラスト 北沢きょう
東京の休日 全2巻 イラスト 北沢きょう
夕暮れに手をつなぎ イラスト 青山十三
恋をひとかじり イラスト 三池ろむこ

文庫判
定価：本体560円＋税

NOW ON SALE!!

新書館

✤清白ミユキ《すずしろ・みゆき》
ボディーガードは恋に溺れる イラスト 阿部あかね

✤砂原糖子《すなはら・とうこ》
斜向かいのヘブン イラスト 依田沙江美
セブンティーン・ドロップス イラスト 佐倉ハイジ
純情アイランド イラスト 夏目イサク（※定価651円）
204号室の恋 イラスト 藤井咲耶
言ノ葉ノ花 イラスト 三池ろむこ
言ノ葉ノ世界 イラスト 三池ろむこ
恋のはなし イラスト 高久尚子
恋のつづき 恋のはなし② イラスト 高久尚子
虹色スコール イラスト 佐倉ハイジ
15センチメートル未満の恋 イラスト 南野ましろ
スリープ イラスト 高井戸あけみ
スイーツキングダムの王様 イラスト 二宮悦巳
セーフティ・ゲーム イラスト 金ひかる
恋惑星へようこそ イラスト 南野ましろ
恋愛できない仕事なんです イラスト 北上れん
恋はドーナツの穴のように イラスト 宝井理人
恋じゃないみたい イラスト 小鳩めばる

✤篁 釉以子《たかむら・ゆいこ》
パラリーガルは競り落とされる イラスト 真山ジュン
執務室は違法な香り イラスト 周防佑未
マグナム・クライシス イラスト あじみね朔生

✤月村 奎《つきむら・けい》
believe in you イラスト 佐久間智代
Spring has come! イラスト 南野ましろ
step by step イラスト 依田沙江美
もうひとつのドア イラスト 黒江ノリコ
秋霖高校第二寮 全3巻 イラスト 二宮悦巳
エンドレス・ゲーム イラスト 金ひかる（※定価682円）
エッグスタンド イラスト 二宮悦巳
きみの処方箋 イラスト 鈴木有布子
家賃 イラスト 松本 花
WISH イラスト 橋本あおい

ビター・スイート・レシピ イラスト 佐倉ハイジ
秋霖高校第二寮リターンズ 全3巻 イラスト 二宮悦巳
レジーデージー イラスト 依田沙江美
CHERRY イラスト 木下けい子
恋を知る イラスト 金ひかる
おとなり イラスト 陵クミコ
ブレッド・ウィナー イラスト 木下けい子
すき イラスト 麻々原絵里依
恋愛☆コンプレックス イラスト 陵クミコ
不器用なテレパシー イラスト 高星麻子
嫌よ嫌よも好きのうち？ イラスト 小椋ムク
teenage blue イラスト 宝井理人

✤鳥谷しず《とりたに・しず》
スリーピング・クール・ビューティ イラスト 金ひかる
流れ星ふる恋がふる イラスト 大槻ミゥ
恋の花ひらくとき イラスト 香坂あきほ
恋色ミュージアム イラスト みずかねりょう
新世界恋愛革命 イラスト 周防佑未
神の庭で恋萌ゆる イラスト 宝井さき

✤名倉和希《なくら・わき》
はじまりは窓でした。 イラスト 阿部あかね
耳たぶに愛 イラスト 佐々木久美子
戸籍係の王子様 イラスト 高城たくみ
夜をひとりじめ イラスト 富士山ひょうた
ハッピーボウルで会いましょう イラスト 夏目イサク
神さま、お願い～恋する狐の十年愛～ イラスト 陵クミコ

✤ひちわゆか《ひちわ・ゆか》
少年はKISSを浪費する イラスト 麻々原絵里依
ベッドルームで宿題を イラスト 二宮悦巳
十三階のハーフボイルド① イラスト 麻々原絵里依（※定価620円）

✤松岡なつき《まつおか・なつき》
【サンダー&ライトニング 全5巻】 イラスト カトリーヌあやこ

30秒の魔法 全3巻 イラスト カトリーヌあやこ
華やかな迷宮 全5巻 イラスト よしながふみ

✤松前侑里《まつまえ・ゆり》
月が空のどこにいても イラスト 碧也ぴんく
雨の結び目をほどいて イラスト あとり硅子
空から雨が降るように 雨の結び目をほどいて2 イラスト あとり硅子
ピュア½ イラスト あとり硅子
地球がとても青いから イラスト あとり硅子
猫にGOHAN イラスト あとり硅子
その瞬間、ぼくは透明になる イラスト あとり硅子
籠の鳥はいつも自由 イラスト 金ひかる
階段の途中で彼が待ってる イラスト 山田睦月
愛は冷蔵庫の中で イラスト 山田睦月
水色ステディ イラスト テクノサマタ
空にはちみつムーン イラスト 二宮悦巳
月とハニーベア イラスト 二宮悦巳
Try Me Free イラスト 高星麻子
リンゴが落ちても恋は始まらない イラスト 麻々原絵里依
星に願いをかけないで イラスト あさとえいり
カフェオレ・トワイライト イラスト 木下けい子
プールいっぱいのブルー イラスト 夢花 李
アウトレットな彼と彼 イラスト 山田睦月
ピンクのピアニシモ イラスト あさとえいり
パラダイスより不思議 イラスト 麻々原絵里依
もしも僕が愛ならば イラスト 金ひかる
春待ちチェリーブロッサム イラスト 三池ろむこ
コーンスープが落ちてきて イラスト 宝井理人
真夜中のレモネード イラスト 宝井理人
センチメンタルなビスケット イラスト RURU
はちみつグラデーション イラスト 夏乃あゆみ
もう一度ストロベリー イラスト 小川安積
雲とメレンゲの恋 イラスト 小椋ムク

✤水原とほる《みずはら・とほる》
仕立て屋の恋 イラスト あじみね朔生
金銀花の杜の巫女 イラスト 葛西リカコ

✤夕映月子《ゆえ・つきこ》
天国に手が届く イラスト 木下けい子
てのひらにひとつ イラスト 三池ろむこ
京恋路上ル下ル イラスト まさお三月

✤渡海奈穂《わたるみ・なほ》
甘えたがりで意地っ張り イラスト 三池ろむこ
ロマンチストなろくでなし イラスト 夏乃あゆみ
神さまと一緒 イラスト 窪スミコ
マイ・フェア・ダンディ イラスト 前田とも
夢は廃墟をかけめぐる☆ イラスト 依田沙江美
恋になるなら イラスト 富士山ひょうた
さらってよ イラスト 麻々原絵里依
正しい恋の悩み方 イラスト 佐々木久美子
手を伸ばして目を閉じないで イラスト 松本ミーコハウス
ゆっくりまっすぐ近くにおいで イラスト 金ひかる
兄弟の事情 イラスト 阿部あかね
恋人の事情 兄弟の事情2 イラスト 阿部あかね
未熟な誘惑 イラスト 二宮悦巳
たまには恋でも イラスト 佐倉ハイジ
カクゴはいいか イラスト 三池ろむこ
夢じゃないみたい イラスト カキネ
その親友と、恋人と。 イラスト 北上れん
恋でクラクラ イラスト 小鳩めばる
いばらの王子さま イラスト せのおあき
厄介と可愛げ イラスト 橋本あおい